나의
도전

나의
숙명

# 나의 도전 나의 숙명

초판 1쇄 발행  2023년 12월 7일

지은이 정우택

펴낸이 김남전
편집장 유다형 | 기획·편집 이경은 | 디자인 양란희
마케팅 정상원 한웅 정용민 김건우 | 경영관리 임종열 김다운

펴낸곳 ㈜가나문화콘텐츠 | 출판 등록 2002년 2월 15일 제10-2308호
주소 경기도 고양시 덕양구 호원길 3-2
전화 02-717-5494(편집부) 02-332-7755(관리부) | 팩스 02-324-9944
홈페이지 ganapub.com | 포스트 post.naver.com/ganapub1
페이스북 facebook.com/ganapub1 | 인스타그램 instagram.com/ganapub1

ISBN 979-11-6809-116-0 (03800)

가나출판사는 당신의 소중한 투고 원고를 기다립니다. 책 출간에 대한 기획이나 원고가 있으신 분은 이메일
ganapub@naver.com으로 보내 주세요.

# 나의 도전 나의 숙명

정직과 우직의 정치인,
정우택이 걸어온 길

정우택 지음

가나

대팽두부과강채(大烹豆腐瓜薑菜), 고회부처아녀손(高會夫妻兒女孫)
이란 문구가 가슴에 와닿는다. '최고의 반찬은 두부·오이·생강·나
물이고, 가장 좋은 모임은 부부와 아들 딸·손자가 함께하는 것'이
라는 뜻인데, 추사(秋史) 김정희가 남긴 서예로 유명해진 말이다.

5선 중진 국회의원이자 국회부의장으로 여의도와 청주를 하루
가 멀다고 오가느라 죽을 지경으로 바쁜 나를 동년배들은 부러워
하지만, 이미 은퇴하여 손자 손녀들 만나는걸 인생의 큰 낙으로
삼는 그들이 가끔 부러울 때가 있다.

쏜살같이 흘러간 과거를 성찰하고, 앞으로 여생을 통찰해 볼 시
간이다. 눈을 감고 반추해 보니 내 삶의 마디마디는 도전의 연속
이었던 것 같다. 안주할 것인가 도전할 것인가 갈림길에서 늘 도
전을 선택할 수밖에 없었던 것도 나의 숙명이었다는 생각이 든다.

내일 무슨 일이 일어날지 모르는 것이 인생이라 하지만 앞으로
의 마디도 도전으로 이어가지 않을까...

지난 시간 내 삶을 성찰하는 데는 일기장 만한 게 없다. 기억보

다 기록을 찬찬히 살펴보면 나의 역사를 담아낸 자서전이 탄생한다. 처녀작 자서전으로 [아버지가 꿈꾸는 세상, 아들에게 물려줄 희망]은 초선 의원 시절 1999년 4월에 펴냈다. 정치에 입문하게 된 계기와 현직 정치인으로서의 자세, 우리 시대의 문제점을 담담하게 적었다. 40대 불혹 정치인의 패기로 우리 정치 현장에서 쌓인 폐단을 개혁하고 싶은 의욕이 컸기 때문이다.

두 번째 자서전 [정우택1. 자전적 에세이]는 재선 국회의원, 자민련 정책위의장으로서 정치 현장에서 경험하고 느낀 것들을 허심탄회하게 썼다. 정치적 기반이자 성장의 주춧돌이었던 자민련을 떠나 자유인이던 시절에 글을 썼다. 2005년 12월경 펴냈는데 하늘의 뜻을 안다는 50대의 자서전이라 패기보다는 순리에 따르면서도 당당함이 드러난다는 평이 많았다.

올해는 정치에 입문한 지 31년째이다. 두 번째

©국회도서관 간행물

5

자서전을 낸 후 18년 동안 지켜온 '내 사전에 또 한 권의 자서전은 없다'는 다짐을 물렸다. 자서전은 선거용 홍보 수단이 아니라 지난 삶의 마디마디를 정리하고 앞으로 이어갈 마디에 넣을 목표를 세우는 '블루 프린트'라 생각하기 때문이다. 지금의 자서전은 계영배(戒盈盃)-과음을 경계하기 위하여, 술을 어느 한도 이상으로 따르면 술잔 옆에 난 구멍으로 술이 새도록 만든 잔-로 역할을 해주면 충분하다고 생각한다.

세 번째의 자서전은 순수한 내 삶의 나침판으로써 만들려고 한다. 그동안 정치 이력에는 국회의원 선수가 3개가 늘면서 5선 중진의원으로 성장했다. 최고위원('12년), 상임위원장('14년), 원내대표('16년), 대표권한대행('17년), 국회부의장('22년)이라는 직을 수행하면서 겪은 에피소드와 소회들을 기록하였다. 충북도지사 때('06~'10년) 성과도 실었다. 두 번째 자서전에 다루지 못한 해양수산부 장관('01년) 시절의 일화도 담았다.

정치 역정에 얽힌 에피소드를 회고하며 써 내려가면서 가장 신경 쓴 것은 술이부작(述而不作)이다. 있는 그대로 기술할 뿐 새로 지어내지 않으려 했다. 겸손한 자세로 객관적 태도를 견지하려고 하였다. 자랑하지도 말고 과장하지도 말자. 이 자서전에는 지난 30년 전부터 현재까지 활동 중인 수많은 인물이 등장하기 때문이다. 역지사지의 입장에서 있는 그대로 바라보려고 하였다.

마지막으로는 감사하는 마음을 담고자 하였다. 그동안 정치를 하면서 많은 분에게 신세를 졌고, 지고 있고, 지게 될 것이다. 먼저 내 삶을 이어주고 받는 가족에게 고마움을 전한다. 내 정치의 뿌리이자 롤 모델인 아버지, 헌신과 희생을 실천으로 가르쳐 준 어머니, 항상 우애와 용기를 주신 큰형님을 비롯한 형제들, 배려와 사랑 나눔의 길을 함께 걷는 아내, 존재만으로 나에게 삶의 에너지를 뿜어주는 두 아들과 며느리, 손자 손녀들에게 감사를 보낸다.

다음으로 정치인으로서 커가는데 음양으로 도와주신 분들-나의 정치의 주춧돌을 놓아준 고 김종필 전 국무총리, 신참 국회의원의 돌출행동도 아량으로 감싸준 고 김대중 전 대통령, 정치인으로서 믿고 사랑해 주신 고 이한동 전 국무총리, 고 박태준 당총재께 머리 숙여 감사드린다. 끝으로 30여 년간 정치의 밭을 함께 가꿔온 보좌진들, 나를 밀어준 충북 도민들께도 무한한 고마움을 전한다.

2023년 10월 31일
국회부의장 집무실에서

정우택

# 목차

CHUNG
WOO TAIK

# 끝나지 않는 도전

# 1

# 단기 필마로
# 호랑이 굴에 뛰어든 까닭

2011년 한나라당 박근혜 대표가 청주대를 방문해 학생 및 교직원들과 간담회를 가졌다. 그 후에 열린 박 대표와 충북지역 당협위원장들의 티타임에서 아찔한 순간이 펼쳐졌다. 나의 발언이 일으킨 파장 때문이었다.

"역대 대선을 보면 충북에서 1등을 하는 후보가 대통령이 됐습니다. 그런데 내년 대선에서는 충북 1등을 하는 게 쉽지 않을 듯합니다."

(직선제로 바뀐 13대 대선 이후 한 번도 어긋난 적이 없다. '충북의 표심이 대선을 좌우한다'는 말이 생겼을 정도다.)

순간 박 대표의 레이저 광선이 내 눈에 꽂혔고 장내 분위기가 싸늘해졌다.

"왜 그렇죠?"

"청주 인구가 충북의 반을 넘는데 도지사나 국회의원, 시장 모두 민주당입니다. 2004년 노무현 대통령 탄핵 이후 청주시는 완전 야당 지역이 돼버렸어요."

잠시 머뭇거린 박 대표가 물었다. "그럼 어떻게 해야 하죠?"

엉겁결에 이렇게 대답하고 말았다.

"제가 충북 정치 1번지로 지역구를 옮겨 청주고 출신 정치인들의 대부 격인 홍재형 의원을 꺾어 충북의 분위기를 쇄신하겠습니다. 청주 상당구 출마를 검토해보겠습니다."

말은 자신 있게 했으나 이길 수 있다는 확신이 선 것은 아니었다. 충북도지사를 해봤지만 청주에서 국회의원에 출마하는 건 또 다른 차원이었다.

내가 청주에서 태어났거나 학교를 다닌 것도 아니고, 청주에 대해 깊이 아는 것도 아닌데 청주 출신의 현역 의원과 대등한 경쟁을 벌일 수 있을까. 청주시의 국회의원 4명 모두가 민주당에 청주고 출신인 마당에.(오제세 의원은 청주중학교 출신이어서 실제 청주고 출신과 다름없음)

특히 홍재형 의원은 상당구에서 태어나 고등학교까지 다닌 상

14

당구 토박이 3선. 반면 나는 부산에서 태어나 학교를 전부 서울에서 다녔던 데다 다른 지역구(진천·음성·괴산) 재선이니 청주시의 유권자들이 보기에는 말 그대로 '굴러온 돌'일 수밖에 없었다.

냉정하게 판단한다면 도전이라기보다는 만용에 가깝게 보일 수 있는 선택이었다.

단기 필마로 호랑이 굴에 뛰어드는 격이랄까.

누구나 인생에서 한두 번은 건곤일척 승부의 순간을 맞이하기 마련이다. 딱 그 처지였다. 2010년의 충북지사 재선에 실패한 뒤 2012년 예정된 19대 총선에는 어디로 출마할지를 놓고 고민하던 터였다.

15대와 16대, 8년간 활동했던 진천·음성·괴산으로 돌아갈지 충북지사를 지낸 마당에 청주시로 지역구를 바꿀지 선택의 기로에 서있었다. 아내는 청주에서 출마하는 것이 좋겠다는 의견을 내비쳤다. 다시 진천·음성·괴산으로 돌아갈 경우, 많은 분들이 젊고 활력 넘치던 예전의 모습을 기대할 터인데 세월이 흐른 지금 그런 기대를 품은 분들에게 실망을 안겨 줄 것이라는 우려 때문이었다.

이번에야말로 나의 정치생명을 걸고 도전해야겠다는 결기가 나에게 힘을 주었다. 청주 상당에서 내가 홍재형 후보를 이길 수 있다면 다가올 대선에서도 충북지역에 변화의 바람을 일으켜 당

차원에 큰 도움이 될 터였다. 흔히 쓰는 '표심'이라는 말처럼 투표
는 심리의 영역이고 바람의 영향을 많이 받으니 말이다.

　나의 출마가 확정되자 주요 언론에서는 '정치 1번지, 두 거물급
의 대결'이라는 타이틀로 높은 관심을 보였다. 홍재형 후보는 재
무부 장관에 경제부총리를 지냈고 나는 해양수산부 장관에 충북
도지사를 역임했으므로 이 대결이 사람들의 이목을 끌 만했다.

©SBS NEWS

'청주 바꿔야 삽니다!'를 캐치프레이즈로 걸었다.
　길에서 만난 많은 시민들이 여기에 호응해주었다.
　"충청도가 왜 '멍청도' 소리를 듣는 줄 알어? 민주당만 싹쓸이
하잖어."
　"도지사 때 잘 혀서 이번에 도움을 받을 겨."

　여론조사에서 나의 지지율이 연일 오르기 시작했다. 언론에선
박빙의 승부를 예상했지만 초반부터 나의 우세가 두드러졌고 투

표일이 가까워질수록 격차가 벌어졌다.

하지만 방심은 금물이었다. 앞서 경험한 두 번의 낙선도 외부의 역풍 돌풍 때문이었으니 이번이라고 끝까지 나의 우세를 이어가리라 확신해선 안 되었다.

아니나 다를까. 상대 당의 음해공작으로 홍콩에서의 자살 사건, 사이버수사대의 수사 등 최악의 위기 상황이 전개되었으나, 결국 53.89%의 득표율로 당선됐다.

청주와 충북의 분위기를 일신해 대선의 풍향계를 바꿔놓겠다는 나의 약속도 지킬 수 있었다. 박근혜 후보도 그해 연말 18대 대선에서 충북 득표율 1위(56.22%)를 차지해 대통령으로 당선된 것이다.

윤석열 대통령 역시 나의 보궐선거(청주 상당구)와 함께 치러진 20대 대선에서 50.67%의 득표율을 기록함으로써 충북에서 1위를 차지하는 후보가 당선된다는 분석을 다시 한 번 입증했다.

충북도지사 재선 불발 후
여의도 재입성을 위한 도전
(2011년)

청주 상당구로 지역구 이전,
국회의원 3선 당선
(2012년 4월)

# 2

## 나는야
## 청주의 택시 운전사

> 충청북도 청주시. 도청에 근무하는 A씨가 시내에서 택시를 탔다. 여느 때처럼 행선지를 말한 뒤 뒷좌석에 등을 붙이려는 찰나, 택시 기사의 생김새가 어쩐지 마음에 걸렸다. 많이 본 얼굴 같았다. 그런 기미를 느꼈는지 기사가 고개를 돌리는 순간, 소스라치게 놀란 A씨는 입을 딱 벌린 채 말문을 잃고 말았다. 지난해까지 충북 도청을 이끌던 정우택 지사였다.
>
> 머니투데이, 2015년 5월 8일, 진상현 기자

언론에 게재됐던 기사의 일부다.

나는 2011년 7월부터 주말마다 택시를 몰았다. 충북지사였다지만 청주 시민들만큼 잘 아는 것은 아니니까, 이참에 청주를 깊이 알아볼 뭔가 색다른 도전을 해보고 싶었다. 고민하다 떠오른 게 택시 기사였다. 도지사 재선 낙선 이후 '바닥부터 다시 해보자'는 생각도 있었는데 민심으로 깊게 파고드는 데는 택시만 한 접점이 없겠다 싶었다.

경기도 김문수 전 지사의 택시 기사 체험과는 공통점도 있고 차이점도 있다. 공통점은 핸들을 잡았을 때는 똑같은 기사라는 부분. 그러나 차이점은 분명했다. 택시에서 내려 땅에 발을 딛는 순간 그는 도지사로 돌아갔고, 나는 그냥 백수 신세였다.

택시를 모는 데 대해선 크게 부담을 느끼지 않았다. 그럴 만도 한 것이, 어렸을 때부터 자동차 마니아였기 때문이다. 집에 지프차가 있었는데 나의 초등학교 시절 중요한 일과 중 하나가 차를 닦는 일이었다. 수세미 같은 걸로 차바퀴에 비누칠을 하고 씻어내어 깨끗해진 차를 보면 그렇게 기분이 좋을 수가 없었다.

기사 아저씨를 도와 스페어 통의 기름을 호스로 빨아들여 차의 연료탱크로 옮기려다 꿀꺽 삼키는 사고를 치기도 했다. 이렇게 차를 좋아한 결과, 고등학교를 졸업한 지 석 달 만에 운전면허를 따게 되었다.

1종 면허가 있으므로 바로 택시를 몰 수 있을 줄 알았다.

한데 택시회사에 갔더니 그게 아니란다. 택시 면허가 따로 있다는 거였다.

실기는 면제였으나 필기시험이 있었다. 이게 의외로 만만치 않았다. 일반 운전면허 필기와는 차원이 달랐다. 80분에 80문제, 1분에 한 문제를 풀어야 하는데 단순 암기로는 통하지 않는 변별력 문제들이 꽤나 등장했다.

예를 들면 이런 식.

'청주에서 제천까지 가려면 몇 개의 시군을 거쳐야 하나?'

이런 문제는 운전 경험이 많거나 길을 잘 안다고 풀 수 있는 게 아니었다. 게다가 운전하고 다니면서 행정구역까지 구분하며 다니는 이가 얼마나 되겠는가. 머릿속에 지도를 넣고 있어야 헤아릴 수 있는 문항이었다.

그런데 나는 당연히 이 문제를 단박에 풀었다. 지역구 국회의원에 도지사를 지내며 길에서 뿌린 시간 덕분이다. 보고를 받거나 논의할 때에도 지도를 수시로 곁들인 세월 덕이기도 했다.

개인 운전적성정밀검사도 통과해야 했다. 순발력 테스트가 쉽지는 않았다. 순간적으로 지나가는 화면을 포착해 프로 운전사답게 재빨리 버튼을 눌러야 했다.

매주 토요일 4~5시간 택시 기사로 활동했다. 마침 한 지역신문이 '국회의원-장관-도지사라는 트리플 크라운을 지낸 정치가의 파격적이며 신선한 도전'이라는 칼럼을 실었다.

민주당 충북도당은 "쇼하지 말라" "어차피 얼마 못할 걸 왜 하나?" 투의 성명을 내기도 했다. 그러나 한 달이 지나고 석 달, 넉 달이 지나자 비난이 사라졌다.

택시는 세상 돌아가는 이야기를 가장 가까이서 들을 수 있는 일종의 '친근한 밀실'이다. 낯선 사이라서 더 허심탄회하게 털어 놓는 공간이기도 하고 다양한 정보와 의견이 오가는 공론의 장이기도 하다.

직접 겪어보지 않고는 제대로 알기 어려웠던 부분도 많이 알게 되었다. 택시회사의 사납금 제도라든가 기사들이 겪는 애로 등이 그랬다. 택시 승강장에서 들었던 다른 기사들의 이야기도 많은 참고가 되었다.

"지사하면서 그런 것도 몰랐어요?"

승강장에서 대기하던 중 나를 알아보고 자판기에서 커피를 빼다 준 기사들에게 "그런 어려움이 있는 줄 몰랐다"고 하면 되돌아오는 말이었다.

나의 택시 기사 이야기가 알려지자 시민들의 호의적인 반응이 늘어났다. 도지사를 하던 사람이 택시를 몰고 다니며 세상살이 이야기를 나눈다는 게 특이하고 재미있었던 모양이다.

6개월간의 택시 운전은 다음 해 2012년 4월 총선에서 청주 호랑이 굴 속 3선 의원으로 부활하는데 밑거름이 되었다.

필기시험,
운전적성정밀검사
합격 후 받은
택시운전자격증
(2011년)

택시 기사 체험할 때
승객과 담소를 나누고 있다
(2011년)

택시 기사 체험은 3선으로
부활하는 밑거름이 되었다
(2011년)

# 3

# 나의 이력: 쿼드러플 크라운, 장관-도지사-원내대표-국회부의장

1992년 14대 국회의원 선거 출마로 스타트를 끊었으니(낙선했지만), 정치에 입문한지 30년이 넘었다.

1996년 첫 국회 입성 후, 2001년 해양수산부 장관, 2006년 충북지사, 2016년 당 원내대표, 2022년 국회부의장이라는 '쿼드러플 크라운'을 달성했다.

대한민국 정치인으로서는 극히 드문 기록의 보유자가 된 것이다.

다만 내게 쇼맨십이 없어서인지, 이런 기록은 물론 공직을 두루 거치며 거둔 성과가 대중에게 널리 알려지지는 못했다.

튀는 걸 좋아하지 않는 나의 캐릭터가 정치인으로선, 특히 요즘

세태에선 상당한 마이너스 요인일지도 모르겠다. 요즘 정치는 튀는 발언, 관심을 휘어잡는 발언을 많이 해야 언론에도 나가고 사람들의 입에 오르내리는데 말이다.

하지만 여전히, 나는 튀어보려는 생각은 없다.

첫 도전은 1992년 14대 국회의원 선거였다. 통일국민당 후보로 선거 두 달 전 충북 진천군·음성군 선거구에 출마했다. 결과는 낙선.

두 번째 도전은 1996년이었다. 충청권의 맹주 김종필 전 총리가 창당한 자민련 후보로 15대 국회의원 선거에 같은 선거구로 다시 출마했다. 동일인과 리턴매치에서 이번엔 당선을 거머쥐었다.

재선도 성공했다. 2000년 16대 국회의원 선거에서 자민련 후보로 충북 진천군·음성군·괴산군 선거구에 출마해 당선되었다.

재선 의원으로 활약하던 중 2001년 3월 해양수산부 장관에 취임했다. 장관직을 수행하며 해수부에 새 바람을 일으켰고, 적지 않은 간부와 직원들로부터 "일할 맛이 나게 해주는 젊은 장관"이란 평가를 받았다.

2005년 9월 한나라당에 입당하면서 충북도지사 선거에 출사표를 던졌다. 당시 현직 청주시장과의 경선을 거쳐 충북지사 공천을 받아냈고, 선거에선 59%의 압도적인 득표율로 열린우리당 후보에게 승리를 거뒀다.

2012년 19대 국회의원 선거에서 새누리당 후보로 전략 공천되어 청주시 상당구 선거구에 출마하여 3선의 중진 의원이자 민주당의 '충북지역 대부' 격인 홍재형 후보를 꺾고 당선되었다.

2016년 20대 국회의원 선거 역시 새누리당 후보로 당선되었고, 2004년 이후 청주시의 나머지 3개 지역구가 모두 더불어민주당 후보들이 선출되어 청주시의 유일한 우파 국회의원이 되었다.

도전은 원내대표로 이어졌다. 2016년 12월 박근혜 대통령의 국회 탄핵 직후 열린 새누리당 원내대표 경선에서 나경원 후보를 꺾고 원내대표에 당선되었다. 러닝메이트(정책위의장)는 이현재 의원이었다.

당의 대표권한대행까지 맡게 되었다. 2017년 3월 말 인명진 비대위원장이 사퇴하자 자유한국당 원내대표로서 대표권한대행 역을 맡게 되었다. 문재인 정부 출범 이후 이어진 주요 인사에서 각종 의혹과 실책을 지적하며 야당으로서 문재인 정부를 강경하게

비판·견제하는데 앞장섰다. 이를 통해 우파 및 자유한국당 지지층
에서 강단 있다는 평가를 받았다.

제21대 총선 한 달 전, 공천관리위원회의 느닷없는 결정으로 청
주시 상당구에서 청주시 흥덕구로 공천이 바뀌고 코로나의 팬더
믹 상황에서 장렬하게 낙선 전사(?)하였으나 당시 당선된 의원이
선거법 위반으로 재보궐 선거가 결정되고 2022년 3월 9일 대선
과 함께 치러진 청주 상당구에서 재기에 성공했다. 5선 의원이 된
것이다.

그리고 2022년 11월, 국회에 늦깎이로 들어온 지 8개월 만에 여
당 몫인 국회부의장으로 선출되었다.

# 4

# '한국의 케네디 가문'을
# 꿈꿔보았지만

어렸을 때 꿈은 '한국의 케네디'가 되는 것이었다.

내가 초등학교 3학년 때 J. F. 케네디는 불과 44세의 나이에 미국 대통령으로 당선되었다. 29세에 하원의원으로 정계 입문해, 35세에 상원의원에 선출됐으니 그럴 만도 했다.

미국 사람들은 TV에서 케네디의 얼굴만 봐도 힘이 솟는다는 뉴스에, 나도 그런 대통령, 국민에게 즐거움과 활력을 불어넣는 대통령이 되어야겠다고 결심했다.

치기 어린 생각이었기에 곧 잊고 말았지만 케네디가 내게 심어준 깊은 인상은 오랫동안 마음 한구석에 살아있었던 모양이다.

젊은 나이에 대통령이 될 수 있었던 저력, 참신한 스타일과 소통 능력, 그가 내세운 뉴 프런티어(New Frontier)정신, 노동개혁 및

민권보호 법안 등이 나중에 나로 하여금 정치가의 꿈에 도전케 하
는 커다란 동기부여가 되었다.

　지금도 불현듯 케네디가 떠오를 때가 있다. 공통점 때문이다.
그가 부친의 영향으로 정계에 투신했듯이 나 역시 그랬고, 나의
부친도 5선 국회의원의 정치가라는 부분에서 그렇다.
　나의 아버지는 70년대 말 신민당 총재권한대행을 지낸 정운갑
씨다. 아버지는 1948년 정부 수립 당시 초대 총무처 인사국장, 총
무처장, 내무부 차관, 농림부 장관을 지낸 뒤 국회의원 5선을 역임
한 정계 중진이었다.
　4대, 7대, 8대, 9대, 10대의 5선 의원을 지내셨는데 4대의 자유
당 때를 제외하곤 야당인 신민당 의원으로 일관하셨다.

　1958년 독립유공자지원법을 최초 발의하셨다. 자유당 의원으
로 당선된 첫해다. 아버지는 우리나라가 국권침탈을 당한 이후부
터 1945년 8월 14일까지 국내외에서 일제에 저항 또는 독립운동
을 펼쳤던 분들을 지원하는 데 앞장서셨다.
　이런 아버지가 내 삶의 모델이자 정치사상의 뿌리가 된 건 당
연한 일이었다. 아들로서 아버지의 한계에 도전하고 극복해야겠
지만, 그와 동시에 나도 모르게 숙연한 마음으로 남겨주신 가르침

을 따를 때가 많다.

아버지는 당신의 뒤를 이어갈 정치인 아들이 나오길 은근히 기대하셨던 것 같기도 하다. 셋째 형에 이어 내가 행정고시에 합격했을 때 아버지가 그토록 기뻐하시던 모습을 생각해보면 그렇다.

케네디 가문은 1800년대 아일랜드에서 미국으로 이민해 자리를 잡은 이후, 대통령은 물론 다수의 상원 및 하원 의원, 외교관 등을 배출했다.

나도 한동안 '내 아이가 정치인이 되겠다고 한다면'을 주제로 생각해 본 적이 있다. 기꺼이 등을 두드려주며 격려해줄 것인가? 아버지에 이어 나, 그리고 내 아이까지 이어진다면 '한국의 케네디 가문'으로 불릴 만할 텐데.

그러나 나의 두 아이는 정치에 조금도 관심이 없을뿐더러, 좀 더 솔직히 말한다면 정치를 혐오하는 쪽에 가까웠던 터였다. 나이가 들면서 나의 정치 역정을 지켜본 뒤로는 생각이 다소 바뀐 듯 보이지만, 정치에 무관심한 건 예나 지금이나 꿋꿋하다. 꿋꿋한 것만은 나를 쏙 빼닮았다.

용두사미 같은 쓸쓸한 부분도 있으나 한편으로는 매우 만족스럽다. 어른이 된 아이들이 각자 자기 삶을 잘 살아가고 있으니까.

32

　두 아이 모두 회사 잘 다니는, 매우 가정적인 남자로, 워크라이프 밸런스를 금과옥조로 여기며 산다. '한국의 케네디 가문'을 향한 꿈은 말 그대로 물거품처럼 꺼져버린 것은 아닌지... 하지만 불운의 케네디 가문보다 우리가 더 행복하지 않을까.

경기중 입학식 직후 자택에서
(1965년)

경기고 졸업 사진
(1972년)

대학교 재학 시절
(1975년)

**초등학교 시절의 가족 사진**
앞줄, 윤택(동생), 어머니, 나, 아버지, 지택(셋째 형)
뒷줄, 혜욱(큰 누나), 혜승(둘째 누나), 승택(둘째 형), 성택(큰형)

# 5

# 실패를 먹고 성장해온
# 6승 4패 오뚝이

5선 의원에 장관, 도지사를 거쳐 원내대표, 현직 국회 부의장이라고 하면 사람들 대부분이 '성공의 꽃길'만 걸어온 걸로 여기는 경우가 많다.

그간의 실패 경험을 이야기하면 십중팔구는 깜짝 놀라 눈을 동그랗게 뜬다. 내가 꽤 많이 실패했다는 사실을 모르는 경우가 있어 당황했던 때도 있었다.

늘 긍정적이고 낙관적으로 보이기에 사람들이 내게 받았던 인상이 그처럼 굳어졌을 수도 있겠다.

내 정치 역정은 성공도 있었지만 실패라는 아픔도 많았다.

5선 정도 다선의 현역 의원 중에 나만큼 실패를 해본 이도 흔치 않을 것이다. 30년간 당선과 낙선을 오가며 총선 5승 3패, 충북도지사 지방선거 1승 1패라는 기록을 남겼다.

전체적으로는 6승 4패, 화려하지만은 않다.

나의 성공 이면에는 늘 우여곡절이 함께 했다.

2000년 재선에 성공하고, 그 이듬해 취임했던 해양수산부 장관.

의욕적으로 업무를 추진했고 관가와 정가에 나를 둘러싼 화제가 끊이지 않을 정도로 다양한 성과를 냈다. 40대 젊은 장관의 파격으로 비춰져 찬사도 받았다.

하지만 그 끝은 많이 아쉬웠다. 김대중-김종필 연대가 무너지면서 나 스스로의 선택에 의해 물러나야 했다.

3선에 도전했던 2004년 17대 국회의원 선거. 자민련 후보로 충북 진천군·음성군·괴산군·증평군 선거구에 출마했으나 열린우리당 후보에게 낙선했다.

노무현 대통령 탄핵에 따른 역풍이 정치판을 회오리처럼 삼켜 버린 시기였다. 마을 어귀의 장승에 열린우리당 어깨띠만 걸쳐 놓아도 장승이 당선된다는 우스갯소리가 유행하기도 했다.

심지어 트리플 크라운(국회의원-장관-도지사)을 역임한 뒤에도 두 차례나 낙선했다.

2010년 충북 도지사 재선에 나섰으나 이번에도 외풍이 거셌다. 이명박 정권이 세종시의 규모를 대폭 줄이겠다는 방침을 발표하자 충청권에서 반대 여론이 거세게 일어났다. 본 선거운동 첫날 천안함 폭침(2010년 3월 26일)과 관련하여 용산전쟁기념관에서 있었던 이명박 대통령의 연설도 '1번 찍으면 전쟁, 2번 찍으면 평화 - 민주당을 지켜주십시오'라는 민주당의 선동에 빌미를 주어 민심을 자극했다.

21대 국회의원 선거에 출마하기 위해 2020년 2월 27일 청주시 상당구에 예비후보로 등록 후 이틀 만에 느닷없는 중앙당의 연락을 받았다. 다른 지역구(청주시 흥덕구)에 출마하라는 것이었다.

선거를 한 달 남겨놓고 지역구를 옮기라니? 더구나 코로나 때문에 사람도 만나기 어려운 상황에서.

상당구민도 흥덕구민도 이해할 수 없는 뜻밖의 공천에서 당연히 결과는 패배였다. 나의 원래 지역구(청주시 상당구)에 나 대신 출마했던 후보도 낙선했다. 당의 차원에서도 역사에 오점으로 남을 정도로 총선 참패를 기록했다.

나는 지금 국회부의장으로 한국 정치무대의 중심에 서있다.

5선의 다선 의원으로는 드물게 4패를 거듭하면서도 '중꺾마(중요한 것은 꺾이지 않는 마음) 정신'을 발휘하며 오늘 여기까지 왔다.

낙선할 때마다 실망과 좌절을 겪었지만 그 아픔의 틈에서 변치 않는 가족의 사랑과 지지를 재발견하는 행운을 누렸다. "다시 일어서라"는 지지자들의 응원에서 내가 혼자가 아니라는 위안을 받았다.

현장 곳곳을 누비면서 정책 수요를 발굴했고 한동안은 택시 기사가 되어 이웃들의 살아가는 사정에 귀를 기울이기도 했다. 틈틈이 외국어 공부도 했고 전문가들을 만나 깊이 있는 지식도 쌓았다.

실패를 그냥 두면 그저 실패일 뿐이지만, 그것을 발전과 도약의 계기로 삼으면 그건 더는 실패가 아니다. 그것은 분명 약이 될 수 있다.

누군들 실패 없는 인생이 있겠는가. 실패를 약으로 삼는 사람은 대나무의 마디처럼 정체기에 준비를 하고 그 힘으로 다시 높게 오른다. 그러면 파란 하늘을 볼 수 있다.

나는 그렇게 실패를 통해 성찰했고 성장해왔다.

나라를 위해 나의 역량을 보태는 일, 그것이 곧 나의 삶이고 나의 숙명임을 실패와 성공 사이를 오가며 깊이 깨달았다.

정우덱의 30년 궤석: 1992~2023

| | | '정직 - 우직 - 직진'의 쿼드러플 크라운 정치인 | |
|---|---|---|---|
| | | 소속 당에서의 활동 | 국회에서 활동 |
| 14대 국회 1992~1996 | 낙선 | · 통일국민당<br>· 자민련 입당 | |
| 15대 국회 1996~2000 | 초선 | · 자민련 제1사무부총장<br>· 자민련 정책위 수석부의장<br>· 자민련 16대총선, 선대위정책위원장 | · 재경경제위원회 위원<br>· 환경·노동위원회 간사<br>· IMF환란조사특위조사위원<br>· 대통령직 인수위인수위원 |
| 16대 국회 2000~2004 | 재선 | · **해양수산부 장관('01년)**<br>· 자민련 정책위의장<br>· 자민련 17대총선 선대위위원장 | · 국회보훈특위위원장<br>· 아동인구환경개발의원회의<br>  (APPCED) 집행위원장 |
| 17대 국회 2004~2005 | 낙선 | · 자민련 탈당<br>· 한나라당 입당 | |
| 지방선거 민선4기 2006~2010 | 도지사 초선 | · 충북 경제특별도선언<br>· 충북 도내 산업단지 29개 조성(민선1~3기 12년간 19개)<br>· 투자유치액 4년간 24조 달성, '경제도지사' 타이틀 얻음 | |
| 지방선거 2010~ | 낙선 | | |
| 19대 국회 2012~2016 | 3선 | · 새누리당 최고위원 | · 국회 정무위원회 위원장<br>· 코스타리카대통령취임특사 |
| 20대 국회 2016~2020 | 4선 | · **자유한국당 원내대표**<br>· 자유한국당 대표권한대행 | · 국회 운영위원회 위원장 |
| 21대 국회 2020~2021 | 낙선 | | |
| 21대(보궐) 2022~2024 | 5선 | 청주시 상당구 당협위원장 복귀 | · **국회부의장**<br>· 경제외교자문위원장(공동) |

21대 국회 하반기 국회부의장 취임 인사말
(2022년 11월 10일)

국회부의장 집무실에서 환담 중(2022년)

# 6

# 우직하게 뚜벅뚜벅

처음 국회의원이 되겠다는 결심이 섰을 때, 고향 진천에서 출마하기로 했다. 가업을 잇는다는 차원에서 아버지가 태어나시고 처음 국회의원이 되신 곳을 찾아가야 한다는 고지식한 생각에서였다.

5선 의원을 하신 아버지의 마지막 지역구가 서울 강남구였고, 정주영 회장이 만든 통일국민당으로 출마하기 때문에 당시 송파병구(아산병원이 있는 풍납동 근처)로 출마하라는 권유도 많이 받았다.

자민련에는 1995년 입당하여 2004년까지 10년의 세월을 같이했다. 자민련 의원으로 1996년 15대 국회에 입성해 정치인으로서 기반을 쌓았다.

하지만 자민련은 시간이 흐를수록 '지역 정당'의 한계를 드러냈다. 여기에 대통령 후보도 내지 못하는 정당으로 당내 위기가 가중됐다. 급기야 난파선의 지경에 이르자 하나둘씩 뛰어내리는 사람들이 나타났다. 아이러니하게 당의 핵심을 차지하고 지분이 컸던 사람들이 먼저 탈출 시도를 했다.

내게도 권유가 왔다. 탈당과 영입을 여러 번에 걸쳐 제안받았다. 다른 사람들 모두 큰 정당으로 옮기는데 나 혼자만 초연했다면 거짓말일 것이다. 마음이 흔들렸지만 그때마다 거절하고 말았다.

2001년 9월 3일 DJP 연합이 깨진 후 김용환 의원과 강창희 의원이 "함께 한나라당으로 옮기자"며 나를 세 번이나 불러 설득했다. 그 마지막 모임이 2001년 10월 18일 저녁이었다.

"충남 김용환에 대전 강창희, 충북 정우택, 이렇게 셋이 한나라당으로 가서 내년 충청권 지방선거를 우리 손으로 치릅시다. 정 의원은 충북을 대표하는 위치에 우뚝 설 수 있는 기회니까 같이 갑시다."

다가올 2002년 대선에서 이회창 한나라당 총재가 압승을 거둘 것이라는 전망이 지배적이었던 시기이기도 했다.

김용환 의원은 DJP 공조를 끌어낸 JP의 최측근인데다 나를 JP에 소개해 자민련 입당을 주선해준 장본인이었다. 예전부터 존경해온 공직자 선배이기도 했다. 이 분의 권유를 거절하는 게 곤혹스러웠다.

하지만 나는 "아무리 공동정권이 깨졌다 하더라도 장관을 그만둔 지 한 달 밖에 안 된 입장에서 야당으로 간다는 것은 도의상 올바르지 않은 것 아니냐"고 탈당 의사가 없음을 거듭 밝혔다. 설득과 거절의 공방전은 자정을 넘어 새벽까지 이어졌다.

그리고 10월 19일, 한나라당 입당을 발표하는 두 분의 모습이 언론에 나왔다.

2002년 8월 말에는 자민련 소속의 이완구 의원 등 몇몇 의원이 나를 찾아와 한나라당 동반 입당을 제안했다. 이완구 의원은 원래 한나라당 출신이었으나 자민련으로 이적해 JP의 총애를 받고 있었다. 하지만 자민련이 난파될 위기에 봉착한 가운데 민주당 노무현 후보의 지지율이 저조한 흐름을 보이자 한나라당으로 재입당을 하는 게 낫겠다는 심리적 압박을 받았던 모양이다.

나는 "정치공학적 판단으로 당을 옮긴다는 것은 도리에 맞지 않고, 공천을 준 JP를 배신할 수 없다"고 소신을 고수했다.

이어 11월 21일쯤에도 인터넷에 기사가 떴다. 내가 단장이 되어 다른 의원들과 함께 유럽을 돌며 여수 엑스포 유치전을 벌이고 돌아온 직후였다.

'자민련 정우택, 송광호 의원 한나라당 입당 가능성.'

내가 외국 출장을 간 사이에 송 의원과 한나라당 간에 이야기가 오간 걸 한나라당 측에서 언론에 흘린 모양이었다. 그쪽에서 "이왕 이렇게 된 거"하면서 강하게 입당을 유도하는 걸 "갑작스러운 얘기라서 답변을 드리지 못하겠다"고 완곡하게 거절했다.

2003년 연초 당쇄신위원장에 임명된 나는 난파선이 되고만 당을 살리기 위해 고군분투했다. 그런 노력이 번번이 가로막히는 와중에도 사람들을 모으고 아이디어를 합쳐 당을 쇄신할 수 있는 방안 마련에 주력했다. 3개월간 충청권에서 공청회를 몇 차례 열고 이때 수렴된 의견을 토대로 쇄신안을 작성해 JP에게 보고했다.

주내용은 JP가 명예총재로 가시고, 참신한 새로운 당 총재를 뽑아 2004년 17대 총선에 임하자는 것이었다. 보고를 받은 JP는 "정 위원장! 수고 많았구만. 바둑이나 한 판 두지." 말씀하시곤 끝이었다. 그 후 두 차례나 말씀드렸으나 쇄신안은 끝내 서랍에서 나오지 않았다.

그럼에도 나는 최후의 순간까지 당을 살려보려 애를 썼다. 마지막 기력을 다 한 당이 산소 호흡기를 떼는 순간까지 당과 함께 하고자 했다.

이런 우직한 내게도 변화가 필요한 시점이 왔다. 17대 총선 결과, 나도 물론이고, 자민련 전국구 1번이었던 JP도 낙선을 했다.

선거 3개월 전 나는 JP에게 고향인 부여 출마를 강력히 권유했지만 거절당했다. 지역구 의원 5명이 당선되거나 전국 득표율이 3% 이상이어야 전국구 1번이 당선되는데 결과는 지역구 4명, 득표율은 2.6%로 JP의 전국구 1번 당선은 물론 JP의 10선 의원까지 무너지는 역사적 순간이었다. 그 후 칩거에 들어간 JP는 4년 후 2008년 12월 중풍으로 입원하게 된다. 나는 지금도 JP가 당시에 당선이 되고 정치활동을 계속하였더라면 건재하셨을 것으로 확신한다. 너무도 안타까운 일이다.

16대 임기가 끝나는 날, JP에게 찾아가서 "자민련을 그만두겠다"고 말씀드리고 자민련을 탈당했다.

자민련을 최후에 탈당하며 수많은 격려를 받았다. 어떤 신문에는 내게 감동을 받았다는 칼럼까지 실리기도 했다. 정치인이 탈당을 하면 '철새'라고 욕을 먹기 십상인데 나로선 특이한 경험이었다.

그 후에도 우직한 건 여전하다. 어떤 사람들은 내가 답답하다며 자기 가슴을 친다.

21대 국회의원 선거에서도 그랬다. 중앙당에서 엉뚱한 지역구로 옮겨 출마하라는 요구를 받았다. 주위에선 탈당하여 무소속으로 출마하라는 권유도 많이 있었다. 그러나 당인으로서 당의 결정에 따라야 한다는 소신으로 선거에 임했으나 결과는 낙선이었다.

사람들은 우직함으로 나의 손해가 많았다고 하지만 반드시 그런 것만은 아니다. 우직함은 내게 큰 선물을 주기도 했다.

내 주변에 하나둘 좋은 인연이 자리 잡았고, 그 인연이 또 다른 좋은 인연을 불러들여서 내 주변에 그렇게 맺어진 인연이 넘실거린다. 그런 분들을 둘러볼 때마다 나는 스스로 행운아라고 생각한다.

거센 태풍이 몰아쳐 와도 그저 뚜벅뚜벅 소신 있게 우직하게 걸어가는 것이 정치인의 정도(正道)가 아닐까.

# 중부매일

HOME / 오피니언 / 사설

# 정우택의원의 탈당과 "작은 감동"

ㅅ ⊙ 승인 2004.05.30 00:00

정우택 전의원이 28일 기자회견을 갖고 자민련을 탈당했다. 그에게 있어 자민련은 정치적 고향이자 활동의 주무대였다.

그러나 그는 지난 총선으로 자민련의 역사적 소임이 다 끝났다고 판단, 이농하는 농부의 심정으로 자민련을 탈당했다. 그의 이런 심정은 회견문에 잘 드러나고 있다.

그는 도민께 드리는 글이라는 회견문을 통해 "자민련을 떠나는 것은 당에 대한 불만도 아니고 새 정당을 선택하기 위한 것도 아니다"며 "당분간 부족한 능력을 재충전할 시간을 갖겠다"고 밝혔다.

이와함께 "자민련은 지난 95년 창당이후 충청권을 대변하는 역할을 해왔으나 이제 그 역사적인 소임 끝났다고 판단한다"며 "국민 또한 새시대를 맞아 새로운 패러다임의 정당을 원하고 있음을 이번 총선을 통해 확인했다"고 밝혔다.

그는 기자회견 말미에 "자신은 끝까지 자민련을 지켰으나 도민들이 이를 받아들이지 않았다"며 "그렇다고 충북을 떠나는 일은 결코 없을 것"이라는 뜻을 피력하기도 했다.

통상적인 잣대로 보면 탈당이나 당적 변경은 '정치적인 변절'을 의미한다. 이는 '철새 정치인'이라는 수식어를 만들어내곤 한다.

그러나 지금 정우택 전의원의 탈당을 정치적 변절로 보는 도민은 아무도 없다. 우리는 여기에 도내 '정치 후학들'이 가야 할 길이 들어있다고 본다.

그는 이날 기자회견에서 자신을 버린 지역구민에 대한 섭섭, 배신감 등 할 말이 무척 많았을 것이다. 그러나 그는 말을 아꼈다. 다만 "자신은 끝까지 자민련을 지키다 산화했고, 또 충북을 결코 떠나지 않을 것"임을 강조했다.

지난 제 17대 총선의 당·낙선자는 크게 4가지 유형으로 분류되고 있다.

어떤 정치인은 변절을 해 당선됐고, 또 어떤 정치인은 변절을 하고도 낙선했다. 이밖에 상당수의 정치 신인들은 탄핵풍과 신행정수도를 등에 업고 당선됐고, 또 어떤 정치인은 지조를 지키다 낙선을 했다.

정 전 의원의 경우는 '지조를 지키다 낙선한 정치인'에 해당되고 있다. 탈당할 기회가 여러번 있었음에도 불구하고, 마음의 중심이라는 '忠' 자를 끝까지 지켰다. 우리는 정치인들이 말하는 표심이 결코 '거창한 것'에서 나오지 않았음을 목격해 왔다.

선거후 결산을 해보면 '작은 감동'에서 나왔다. 현재 도민들 사이에는 이춘구, 이종근 전의원을 '좋게 말하는' 사람이 매우 많다. 바로 지조라는 이름이 도민 가슴에 '작은 감동'을 줬기 때문이다.

지금 도민들은 정 전 의원이 '무너져가는 집' 자민련을 끝까지 지킨 점을 '작은 감동'으로 느끼고 있다. 이는 정 의원에게 있어 훗날의 정치적 자양분이 돼 되돌아 올 것이다.

다만 그에게 고언을 하자면 '광장으로 나왔던 사람들'에게 더 다가가야 한다는 점이다. 한나라당이 지난 두번의 대선과 이번 총선에서 패배한 것은 바로 '광장으로 나온 사람들'을 잡지 못했기 때문이다.

그들은 언뜻보면 단순한 인터넷 동호인 정도로 볼 수 있다. 그러나 내부를 들여다 보면 '최강의 논리'만이 살아남아 여론이라는 배를 띄우고 있다. 그것은 멀리는 6. 10 항쟁, 가까이는 2002년 월드컵에서 생긴 문화현상이다. 모두 광장을 문화적 배후지로 갖고 있다.

정 전 의원도 이 '광장' 쪽으로 노를 저어야 지금의 작은 감동을 '더 큰 감동'으로 만들 수 있다.

자민련 탈당에 대한 지역 신문의 사설(2004년 5월)

자유민주연합 진천-음성 지구당 창당대회에서 당기를 힘차게 휘두르고 있다(1995년)

김종필 자민련 총재로부터
지구당위원장 임명장을
수여받고 있다(1995년)

# 7

# JP의 10선을 이루고 싶었던 마음

2004년 1월 말. 마포구 신수동의 자민련 당사를 출발해 여의도 국회로 향하는 길이었다. 추운 겨울이어서 해가 일찍 저무는데 서강대교 위에서 보는 한강의 낙조가 아름답기보다는 처연해 보였다. 우리 자민련의 모습이 아닐까. 그런 강렬한 느낌이 마뜩지 않은 전조(前兆)처럼 다가와서 마음이 답답해졌다.

조부영 국회부의장에게 전화를 했다.

"제가 부의장실에 잠깐 들러도 되겠습니까?"

마주 앉자마자 마음속에 들어차 있던 답답함이 표현되었다.

"부의장님은 자민련 창당의 주역 가운데 한 분인데 자민련이 해지듯 저물고 있는 와중에 이렇게 가만히 계셔서 되겠습니까?

17대 총선도 얼마 안 남았으니 JP와 특별대책을 강구하셔야 하지 않겠습니까?"

17대 총선이 4월 15일로 석 달 앞에 다가와 있었다.

조 부의장이 손사래를 쳤다. JP에게 이미 세 번이나 말씀드렸다는 것이다.

나 또한 마찬가지였다. 2003년 당쇄신위원장을 맡아 마련한 쇄신안을 JP에게 보고드린 이후에 JP의 차에 동승할 기회가 두 번 있었는데(5월과 8월) 그때마다 "이제는 결정을 내려주셔야 하지 않겠습니까"하고 결단을 촉구해 보았다.

JP는 그때마다 이렇게 대답하시곤 했다.

"정 의장, 아직 모든 게 유동적이야. 조금 더 기다려보지!"

더는 기다릴 수 없다는 생각이 들었다. 당의 개혁을 더 이상 미루다가는 민심의 싸늘한 심판을 받을 것임이 자명했다. 내가 조 부의장에게 제안을 했다.

"그러면 오늘 저녁 8시에 우리 당 5역이라도 모여서 대책을 논의하시죠. 그 결과를 JP에게 말씀을 드리는 게 어떻겠습니까?"

그날 저녁 남산 하얏트호텔 커피숍에 다섯 명이 모였다. 조부영 부의장과 김학원 원내총무, 변웅전 비서실장, 오장섭 사무총장을 비롯하여 정책위의장인 나였다.

오간 이야기는 많았지만 뾰족한 수는 없었다. 이러다가 오늘 모임도 그냥 넘어갈 판이었다. "제가 마지막으로 한마디 해도 되겠습니까?"

어쩔 수 없이 나의 생각을 말씀드렸다.

"JP가 10선에 성공하는 동시에 자민련이 의석을 확보하려면 충청지역에서 의미 있는 성과를 내야만 합니다. 그러기 위해 JP가 부여에 출마해 마지막 지지를 호소하는 게 어떻겠습니까?"

그가 처음 배지를 달았던 정치적 고향인 부여에 나서서 "나의 정치 인생을 마감하기 전에 꼭 해야 할 일들이 아직 남았소. 정치의 시작도 부여였고, 나의 정치적 무덤도 부여이니 마지막으로 도와달라"고 간곡히 호소하여 고향 유권자들의 마음을 움직여주는 것만이 급속도로 얼어붙고 있는 민심을 녹이는 첫걸음이라는 게 나의 판단이었다.

JP가 부여에서 이렇게 호소하며 충청권 지역구를 돌고 우리 자민련 후보들과 함께 정성을 쏟으면 20석 이상을 어떻게든 확보해 교섭단체는 구성할 수 있을 것으로 보였다. 당을 둘러싼 상황이 그 정도로 좋지 않았다.

회의 참석자 중에 내 의견에 반대 의견이 없었다. 헤어지기 전에 약속을 정했다. 다섯 명이서 다음 날 아침 8시에 청구동에 가서 JP를 찾아뵙고 "부여 출마에 나서 달라"고 진언을 하기로.

그런데 내가 그날 실수한 게 하나 있었다. 당시 김학원 원내총무의 지역구가 서울의 성동구인 줄로 착각했던 것. 15대에는 그가 신한국당 소속으로 서울 성동이 지역구였다. 그러나 당시에는 왕년의 JP의 지역구였던 부여 지구당위원장이었다.

나의 실수도 있었지만, 내가 깜빡한 채로 'JP의 부여 출마' 아이디어를 꺼냈을 때, 김학원 의원이 "부여는 내 지역구"라고 그 자리에서 반박을 했더라면 다른 방향을 모색했을 것이다.


그날 밤 10시 30분께 모임을 끝내고 11시쯤 집에 들어왔는데 자정을 넘긴 12시 15분쯤에 JP에게서 전화가 왔다.

"내일 아침에 오기로 했다며?"

깜짝 놀랐지만 있는 그대로 말씀드릴 수밖에 없었다.

"네. 8시에 우리 당5역이 함께 찾아뵙기로 했습니다."

JP의 역정과 함께 고막을 찢는 소리가 들려 나왔다.

"올 필요 없어!!!!"

그러고는 전화가 끊겼다.


10시 반에 모임을 끝냈는데 그 사이에 누가 JP에게 소식을 전했나? 나중에 전해 들은 이야기로는 김학원 원내총무가 회의 직후 JP에게 이렇게 말씀 드렸다는 말이 돌았다.

"굳이 부여에 지역구 출마해서 고생하실 것 없습니다. 이번 선거도 지난 16대 총선과 상황이 비슷할 겁니다."

나는 그날 이후로 당의 일체 회의에 참석하지 않은 것은 물론 마포 당사에도 가지 않았다. 3월 말에 자민련의 비례후보 명단이 발표되었다. 1번이 JP였다.

JP는 자민련의 비례대표로도 10선이 무난히 가능하다고 판단하고 있었던 것 같다.

자민련의 기세는 그 사이에 더욱 기울어서 4월 초 내 지역구(진천·음성·괴산·증평)에 JP가 지원유세를 오겠다는 연락이 왔을 때 당원들이 꺼릴 정도였다. 그런 분위기 속에 JP는 충주에서 내 지역구를 들르질 못하고 바로 청주로 향할 수밖에 없었다.

당 쇄신안 대로 JP가 명예총재로 물러나시고 참신한 당대표를 선출해 총선체제에 돌입하는 한편 JP가 우리의 권유를 받아들여 지역구로 출마, 변화하겠다는 자민련의 의지를 보여주었더라면 당의 미래가 달라졌을 것이다.

JP의 10선도 가능하지 않았을까. 내가 자민련에서 이루지 못했던 아쉬움 가운데 하나가 JP의 10선을 만들어 드리지 못한 부분이다. '대한민국 헌정사의 첫 10선'으로 JP를 기록하고 싶었다. (9선

54

은 JP를 비롯해 YS와 박준규 의장 등 세 분이 기록을 가지고 있다.)

당시 JP의 상징성이나 역량을 감안하면 10선의 염원이 그리 어려운 건 아니었다. 그처럼 허무하게 비례대표 1번이 날아가 버릴 줄은, 당의 위기 상황을 줄곧 경고했던 나조차도 상상하지 못했다. '지역구 5명 당선 또는 득표율 3퍼센트 이상'이라는 기준을 그처럼 간발의 차이로 충족하는데 실패하다니.

어쨌거나 비례 1번조차 당선이 되지 않은 자민련은 소멸의 길로 접어들었다. 어떻게든 당을 살려보려는 혁신의 노력이 있었지만 역사의 거대하고도 도도한 물줄기 앞에서는 무릎을 꿇을 수밖에 없었다.

영원이란 있을 수 없으니 역사의 뒤안길로 언젠가 사라지고 마는 운명을 어느 정당인들 피할 수는 없을 것이다. 다만 마지막까지 할 수 있는 한 최선의 노력을 기울여볼 뿐이다.


JP가 돌아가시기 전날 찾아뵈었더니 눈도 뜨지 못하고 운신을 못하셔서 마음이 너무나도 아팠다. 한 달 전에 뵈었을 때만 해도 손을 잡아주시며 미소까지 지어주셨는데. 그럼에도 강인한 분이니 얼마는 더 버티실 거라 생각했지만 허무하게도 그다음 날 돌아가시고 말았다. 내가 마지막 모습을 뵌 정치인이 되었다.

올해 6월이 마침 5주기여서 나는 추도사에서 JP를 이렇게 회고했다.

> 정치를 정쟁과 각박으로 몰아가는 것이 아니라 늘 여유와 여백, 유머와 해학으로 국민을 다독이며 안심시킨 나라의 든든한 기둥이셨습니다. 분열과 갈등이 아닌 대화와 타협으로 화합의 길을 추구하신 낭만과 품격이 있는 최고의 정치가셨습니다.

JP하면 바둑을 떠올리는 사람이 여전히 많다. 나도 JP의 가장 가까운 '바둑 상대'였다.

2003년 어느 날, 청구동에서 JP와 낮 2시부터 밤 10시까지 바둑을 둔 적이 있다. 박영옥 여사께서 차려주신 저녁을 먹은 시간을 빼고는 바둑만 내리 10판 이상 둔 것 같다.

JP는 바둑을 30분에 한 판씩 두는 경향이 있었다. 깊이 생각하기보다는 직관적으로 두는 스타일이셨다. 감으로 바둑을 두면서 스트레스를 해소하는 것 같았다.

나한테는 4점을 놓았는데, 그 정도면 4급 정도로 잘 두는 편이었다.(나는 초등학교 3학년 때 아버지에게 바둑을 배웠고, 한국기원에서 아마 5단증을 받았다.)

JP는 세 판을 연달아 패배하면 한 점을 더 두었고 그럴 때마다 상당히 마음 아파하셨다. 반대로, 나에게 이겨 네 점에서 세 점으로 올라갈 때에는 아이처럼 반색을 하셨다. 나에게 고전 끝에 이겼을 때 좋아하셨던 모습이 지금도 눈에 선하다.

자민련 정책위의장 당시 김종필 총재 부부와 함께(2001년 12월)

운정 김종필 기증 기록물 전시회에서 따님과 함께(2023년 6월 23일)

# 8

## 백수에서
## '영입 인재 1호'로

나는 2004년 5월 자민련을 탈당했다. 17대 총선에서 낙선하고 나서 한 달이 지났을 즈음이었다.

이후 1년 반가량 무소속으로 지냈다. 10년간 몸담았던 당에 여전히 회한이 남았기 때문은 아니었다. 그렇다고 새로운 선택을 위한 준비 또한 아니었다. 현실 정치로부터 잠시 거리를 두고 공부를 해야겠다는 결심이었다.

기자들이 전화를 걸어올 때마다 무슨 '당적변경'이니 '입당 가능성'이니 식의 추측성 기사 좀 내지 말아달라고 부탁했다.

그러나 언론계의 생각은 달랐던 모양이다. 입당과 관련하여 꾸준하게 러브 콜을 받아온 현역 정치인이 두문불출 지내고 있다면,

그 같은 행보 또한 모종의 정치적 배경이 없을 수 없다고 짐작하는 듯했다.

아니나 다를까. '민선4기 지방선거에서 도지사로 출마할 것'이라는 이야기가 나돌았다. 충북도지사 출마설은 내가 자민련 소속일 때에도 당시 이원종 지사의 대항마로 출마하는 게 어떻겠냐는 권유를 김종필 총재와 지도부에게서 받은 적이 있기에 그런 예측이 나올 만도 했다.

한편으로는 수도권으로 지역구를 옮겨 국회의원 보궐선거에 도전할 가능성이 높아 보인다는 루머까지 나돌았다.

한술 더 떠 나의 열린우리당 입당설까지 제기되었다.

"정우택 전 의원이 예전부터 열린우리당의 실세와 친분이 있었는데, 이번 3선 도전에 실패한 이후 입당 교섭을 받고 있는 것으로 안다"는 이야기였다.

"정 전 의원이 노무현 대통령 탄핵소추안에 찬성표를 던졌던 과거의 부담 때문에 망설이고 있지만 시간이 흐르면 자연스럽게 열린우리당으로 방향을 틀 것이다."

나는 강력하게 부인했다. 자민련 탈당 기자회견에서도 내년 수도권의 국회의원 재보선 출마 여부를 묻는 기자의 질문에 "충북을 떠날 생각이 없다"며 "그럴 생각이었으면 더 일찍 탈당했을 것"이라고 선을 그은 바 있다.

여의도에 개인 연구소 성격인 홍곡과학기술문화재단을 설립, 이사장에 취임하고 도와주신 분들과 지지자들에게 편지를 보냈다.

관심이 많았던 과학기술문화 분야의 다양한 인사를 만나고 공부도 할 생각이며, 모처럼 여유롭고 넉넉한 시간을 가져보겠다는 내용이었다. 칩거하겠다는 메시지를 분명하게 밝혔다. 급속히 발전하고 있는 중국을 둘러보고 미국의 케네디스쿨에 1년간 연구원으로 머물며 동북아 정세를 연구할 생각이었다.

그런 와중에 당시 여의도연구소장이셨던 김기춘 의원을 만나게 되었다. 이야기를 나누다가 열린민주당에서 몇몇 의원들이 영입을 도모하는 것 같다고 말씀드렸다. 내가 3선에 도전했을 때 당선 가능성을 높게 보았기에 민주당 쪽에서도 나의 의향이 어떤지 두드려 보는 모양이었다.

그 말을 들은 그는 깜짝 놀라며 "절대 민주당에 가면 안 된다. 잠깐 기다려보라"더니 며칠 만에 박근혜 대표와의 자리를 마련해 주었다. 박 대표는 며칠 후 김무성 사무총장을 통해 한나라당 입당을 제안했다.

2005년 9월 21일 박 대표는 "17대 국회 들어 영입 1호"라며 나를 소개했고 정식 입당 절차를 밟은 후 기자회견을 가졌다. "지난 국회의원 총선에서 낙선한 뒤 많은 소회를 갖고 정치 일선에서 물러나 있었지만 올바른 변화와 합리적 개혁으로 새로운 희망의 횃불을 들어야 한다는 소명감으로 오늘 이 자리에 섰다"고 밝혔다.

이듬해 6월 나의 충북도지사 선거전에 박근혜 대표가 지원 유세를 해주었다. 박 대표는 "정우택 후보가 한나라당 충북 드림팀의 중심축"이라며 "우리가 인재영입 1호로 심혈을 기울여 모셔온 자랑스럽게 생각하는 후보"라며 지지를 호소하기도 했다.

결국 도지사 선거에 당선, 충북의 살림살이를 맡게 됐다.

한나라당 입당식,
박근혜 대표와 악수를 나누고 있다
(2005년)

©연합뉴스

# 9

# 당의 주춧돌만은
# 지켜내려고

2016년 12월 박근혜 대통령에 대한 탄핵소추안이 국회에서 가결됐다. 이에 따라 이정현 당대표와 정진석 원내대표가 사임하면서 지도부 공백 상태가 벌어졌다.

이 총체적 난국을 어떻게 헤쳐 나갈 것인가. 풍랑을 만난 배가 기우뚱거리며 거대한 바위를 향해 질주하는 데 키를 잡은 이가 아무도 없는 절체절명의 순간이었다.

서청원 의원이 의사를 전해왔다. "정 의원이 원내대표에 출마해보면 어떻겠느냐"는 것이었다. 나는 즉시 "저보다 훌륭한 분이 나와서 이 사태를 수습하는 게 좋겠다"고 고사하였다. 그럼에도 나의 출마를 요구하는 분위기로 이어져, 다른 의원을 거명하며 버텼으나 "친박의 색깔이 옅은 정의원이 원내대표를 맡는 것이 최선"이란 반응이 돌아왔다.

내우외환이었다. 당대표를 지냈던 김무성 의원과 원내대표 출신의 유승민 의원은 한때 박근혜 대통령의 각별한 지지를 받았음에도 난파 직전의 배를 살리려 노력하기는커녕 가장 먼저 뛰어내려 신당을 창당하겠다고 움직였다. 그런 분위기에 동요된 의원이 수십 명에 이르러 자칫 '탈당 도미노'로 번져 당이 와해되기 반보 직전의 상황이었다.

마침내 나는 풍전등화의 위기에 처한 당을 구하기 위해 나라도 나서야겠다고 생각했다. 나의 소신은 '당의 주춧돌만이라도 지켜야 한다'는 것이었다.

이 당이 우파의 정통으로 맥을 이어온 만큼, 문제가 많더라도 주춧돌만은 보존하여 그 위에 새로운 집을 짓는 방법을 모색해야 한다고 생각했다. 비록 자민련에서 정치생활을 시작했지만 이 당이 자유 우파의 정신과 이념을 계승하고 있으니 나를 희생해서라도 주춧돌은 지켜내겠다고 결심했다.

친박 색채가 강한 의원들의 권유에 따라 출마하게 되었지만, 최우선 과제는 당이 난파되지 않도록 키를 움직여 위기에서 벗어나는 것이었다.

나경원 의원과의 경쟁 끝에 12월 16일 원내대표로 선출되었다. 당선 소감으로 "이런 사태에 처한 점에 대해 용서를 구하고 우리 당이 분열되지 않고 화합과 혁신으로 가는 것을 국민에게 보여준 다면 정권 재창출의 목표를 이룰 수 있다고 확신한다"고 말했다. 사즉생의 마음으로 함께 해보자면서 눈물로 호소했다.

가장 먼저 해야 할 일은 탈당부터 막는 것이었다. 당선 직후 김 무성 의원을 만나 설득을 했다.

"신당 창당 작업을 멈추고 당에 남아주면 안 되겠습니까? 이성 계의 위화도회군처럼 할 수는 없겠습니까?"

"어렵습니다. 그러기에는 진도가 너무 많이 나가서요."

김 의원은 그 이틀 후에 탈당했다.


시급한 일 또 하나가 비상대책위원회를 구성하는 것이었는데 어떤 분을 비대위 위원장으로 모셔야 할지 빨리 결정해야 했다. 내가 생각했던 기준은 두 가지였다. 하나는 자유민주주의 신봉자 여야 한다는 것. 다른 하나는 친박과 거리가 있거나 반대 입장에 섰던 인물이어야 한다는 것.

이 조건과 맞고 능력까지 검증된 인물로는 인명진 목사와 김종 인 의원 두 분으로 압축되었는데, 인명진 목사로 귀결되었다. 김 종인 의원은 이때 민주당 비례대표로 국회의원을 하고 있어서 우리 당 비대위원장을 맡길 순 없었기 때문이다.

인 목사와 접촉하기 전에 서청원 의원에게 전화를 걸어 생각을 확인해보았더니,

"그 분이라면 동의할 수 있겠다"는 반응이었다.


인명진 목사를 수소문했더니 부산에 머물고 있는데 다음날 귀경한다는 것이었다.

2016년 12월 22일 아침 10시 30분에 김포공항에서 인명진 목사를 뵙고 3시간을 붙잡고 늘어졌다. 처음부터 꽉 막힌 느낌이어서 속이 바짝바짝 타들어갔다.

"나를 잘못 찾아온 겁니다. 그런 일에 관심도 없고요."

완강하게 거절하는 그와 어떻게든 대화를 이어가기 위해 노력했지만 소득이 전혀 없었다.

사정사정해서 저녁 후 다시 만나기로 했다. 시내 모처에서 새벽 1시 무렵까지 밀고 당기기를 되풀이했다. 우리 당이 놓인 입장에 대해 설명하고 여러 사정을 전했으나 좀처럼 수락하겠다는 뉘앙스를 보이지 않았다.

대화 말미에 약간의 감이 잡혔다. 김포공항 만남에서 부정적인 느낌이 100%였다면 이번에는 대충 75% 정도로 누그러진 것 같았다. 그래서 헤어지며 막무가내로 밀어붙였다.

"저는 수락해 주신 것으로 알고 내일 발표를 하겠습니다."

그는 "안 된다"고 했지만 이미 나는 결심을 굳히고 있었다.

이로써 내가 겪은 '인생에서 가장 길었던 하루'가 시작되었다.

다음날 12월 23일, 나는 죽음 문턱까지 다녀와야 했다.

새누리당 원내대표 당선 후 축하받는 장면
(2016년 12월)

자유한국당 대표권한대행 겸 원내대표로서
모두 발언하고 있다(2017년 5월)

# 10
## "오후 3시에 여기서 죽을랍니다."

이 부분은 비사(秘事)다. 같이 움직인 몇 사람만 아는 내용이고 대외적으로 공개된 적이 없으나, 이제는 시간도 꽤 흘러 '역사의 한 순간'이 될 거란 생각에 여기 털어놓을까 한다.

2016년 12월 23일의 일이다. 인명진 목사를 만나 새벽까지 설득을 하고는 잠시 눈을 붙인 뒤 국회로 출근했다. 7시 30분에 당정회의가 잡혀 있었다.

회의를 마치고 10시에는 기자회견을 강행하겠다는 생각이었다. 인명진 목사를 비대위원장으로 모신다는 내용을 발표하려 했다.

그런데 회의 도중 인 목사로부터 문자 메시지가 왔다.

'어제의 만남은 없던 걸로 해주셨으면 고맙겠습니다.'

당정회의에서 오가는 이야기가 갑자기 귀에서 들려오지 않았다.

'저는 발표할 예정입니다.'

인 목사의 거절 이유도 간곡했다.

'제 노모께서 절대 해서는 안 된다는 말씀을 하시고 안에서도 밤새 극구 만류를 해서 제가 도저히 맡을 수 없는 상황입니다. 이해를 해주십시오.'

눈앞이 캄캄해졌다. 8시 15분쯤 정책위 의장한테 급히 당정 협의를 맡기고 자리에서 일어났다. 원내대표실로 와서 머리를 싸매고 있었다.

김선동 원내 수석부대표와 이현재 정책위 의장, 박맹우 사무총장, 정용기 원내 수석대변인 이렇게 네 분이 찾아와서는 "무슨 일이냐"고 물었다. 사정을 설명하고 아이디어를 구했으나 그들이라고 뾰족한 수가 있을 리 없었다.

9시 즈음 혼자서 멍하니 앉아 국회 앞에 펼쳐진 누런 겨울 잔디밭을 내려다보는데 마음이 심란스러웠다.

대규모 탈당이 벌어지고, 당이 무너져 내릴 수도 있는 일촉즉발의 상황. 위기에서 벗어나려면 불안 패배 심리부터 차단하고, 나아가 우리 당이 재건될 것이며 더욱 발전할 것이라는 확신을 심어줘야 했다. 그런 의지를 대내외에 확인시키기 위해선 비상대책위원회를 최대한 빨리 구성해야만 했다. 그런데 위원장을 모시는 일부터 이런 형국이라니...

결국 내가 모든 책임을 져야 한다는 결론에 이르렀다. 인명진 목사 외에는 대안이 없는데 그가 수락을 거부하고 있는 외통수에서 내가 해볼 수 있는 건 하나밖에 없었다.

9시 30분에 기자회견을 하기로 했다.

원내대표실에서 정론관까지 걸어가는데 발걸음이 떨어지지 않았다. 인명진 목사를 모신다고 발표를 하더라도 당사자가 끝내 수락하지 않는다면 일방적으로 저질러버린 그 책임을 어떻게 감당해야 할지... 국민에게 거짓말을 했으니 그 책임을 지고 나의 정치 생명은 여기서 끝나는 터였다.

한 발짝 옮길 때마다 참담한 심정이었다. 발걸음이 떨어지지 않아 질질 끌며 앞으로 이동하는 느낌이었다. 오래전에 읽었던 책의 장면이 떠올랐다. 사형수가 형장으로 끌려가는 모습처럼 바로 그런 전율이 내 몸에 강하게 느껴졌다.

발표를 마치자마자 "급히 갈 곳이 있다"면서 정론관을 빠져나왔다. 달려드는 기자들의 질문을 피해 가며 복도로 나왔더니 거기에도 기자들이 가득 모여 있다가 질문을 던졌다.

김선동 원내 수석부대표와 정용기 원내 수석대변인이 내가 뛰쳐나가는 모습을 보고 차를 타고 쫓아왔다. 향한 곳은 인명진 목사가 사는 약수동 아파트였다.

그날따라 엄청 추웠다. 허름한 아파트 6층에 목사 사택이 있었는데 건물 사이가 바람 골인지 칼바람까지 몰아쳐왔다. 그 와중에 하필이면 코트를 차에 두고 왔다. 벨을 눌러도 아무 반응이 없었다. 발을 동동 구르면서 노크도 해봤지만 30분이 지나도 문은 열리지 않았다. 귀를 대고 들어보니 안쪽에 사람 기척은 나는 것 같아 인 목사 핸드폰에 문자를 넣었다.

"목사님, 문 좀 열어주세요. 제가 코트를 안 입고 오는 통에 몸이 완전히 얼어붙었습니다."

잠시 후에 부인이 문을 열어주었다. 10시 30분 무렵이었다.

"발표부터 해버린 점은 사과드립니다. 하지만 제발 부탁드립니다. 수락을 안 해주시면 제 정치생명이 여기서 끝날 뿐 아니라 우리 당도 생사의 기로에 서게 됩니다. 저는 괜찮습니다만 당은 살려주십시오. 저는 죽어도 괜찮습니다. 내일은 토요일에 크리스마스이브여서 오늘 발표해야만 합니다. 기자회견을 감안하면 오후 3시까지, 그 시간까지 수락 답변을 안 해주시면 저는 여기서 죽을 겁니다."

호소를 하다가 감정에 북받친 나는 칼이 있는 부엌 싱크대 쪽을 보고는 이렇게 덧붙였다.

"제발 살려주십시오. 저는 여기서 3시에 죽겠습니다. 당은 살려주십시오."

인 목사는 "그런 험한 말은 하지 말라"면서도 비대위원장을 맡겠다는 대답은 끝까지 하지 않았다. 한쪽은 목숨을 걸고 설득하고, 다른 한쪽은 요지부동인 가운데 시간만 흘렀다. 오후 1시가 넘어 부인이 점심으로 국수를 끓여주셔서 먹으면서 다시 공방전을 이어갔다.

그러다가 흐름이 바뀌는 순간이 왔다. 원래 약속이 있던 모양인지 재야단체에서 고문으로 활동하는 분이 찾아온 것이었다. 그 고문은 우리에게 자초지종을 듣고는 인 목사를 안방으로 모시고 가서 20분가량 대화를 하고 나왔다.

표정을 보니 인 목사는 여전히 굳어 있는데 잠시 적막이 흐른 뒤 고문이 입을 열었다.

"정우택 원내대표가 인 목사의 허락 없이 발표한 건 분명 잘못이지만 지금 당이 위급한 상황에서 인명진 목사가 안 나서면 안 된다는 판단이라고 하니 수락해줄 거라 믿고 가서 기자회견을 준비하세요."

한데 당사자인 인 목사는 여전히 아무 말이 없었다. 내가 고문
께 감사를 표하고는 인 목사에게 물었다.

"목사님. 목사님께서 한마디 확인이라도 해주셔야 저희가 가서
준비하지 않겠습니까?"

인명진 목사는 여전히 대답을 하지 않았다.

시간은 벌써 2시 50분. 내가 죽어야 하는지, 살아야 하는지가
인 목사의 한마디에 달려 있는데 그의 묵묵부답이 거듭되는 가운
데 시간만 흐르니 이 또한 죽을 노릇이었다.


"괜찮으니까, 가서 기자회견 준비를 하시는 게 좋겠어요."

고문이 재차 다짐을 해주었다. 확실한 것 같았다. 나뿐만 아니
라 김선동 의원과 정용기 의원도 그렇게 받아들였다.

"그러면 저희가 먼저 가서 준비를 하겠습니다."

그러고는 셋이 약속이라도 한 것처럼 벌떡 일어서서 인명진 목
사에게 큰절을 올렸다. 인생에서 어떤 은인을 만난들 이보다 반가
울까 싶기는 모두가 마찬가지였던 것 같다.

혹시라도 인 목사가 "안 할 겁니다"라고 말할까 봐 문 쪽으로
가 뒤도 안 돌아보고 도망치듯 나왔다. 현관문을 닫는 순간에도
"안 할 테니 기자회견 준비 필요 없어요"라는 말씀이 내 뒤통수를
칠 것 같았다.

73

엘리베이터를 타고 내려오는데 '의심의 마귀'가 되살아났다.

누군가 문득 말을 꺼낸 게 내 마음속 마귀를 깨웠다.

"저러다가 안 오시면 어떡하죠? 우리가 모시고 간다는 데도 거절하는 게 좀 그렇지 않아요?"

고문의 설명으로는 인 목사가 지금까지 지하철과 택시만 타고 다녔지, 자가용을 얻어 타고 다닌 적이 없다고 했다.

지나친 의심이긴 하지만 이토록 절박한 상황에 몰리면 누군들 천당과 지옥 사이를 롤러코스터 탄 것처럼 혼란스럽지 않겠는가.

"택시 타는 모습이라도 확인해야 하지 않을까요?"

이렇게 의견이 모였고 큰길 건너편 찐빵 분식집에 들어가 유리문 밖을 내다보면서 기다렸다.

10여 분 후 고문이 나오는 걸 보고 다가갔다.

"4시가 틀림없으니까 안심하고 먼저 가세요. 다 됐습니다."

확신이 섰다. 당 대변인에게 4시 기자회견을 준비하라고 통보했다. 3시 15분을 막 지나고 있었다.

먼저 도착해 기다리니까 4시에 인명진 목사가 나타났다. 가슴을 쓸어내리는 드라마틱한 등장이었다. 비대위 위원장 수락연설이 미디어를 통해 전해졌다. 무너질 위기로 치닫던 우리 당의 운명에 변화가 일어나는 순간이었다.

©Newsis

비대위원장 수락 기자 회견장으로 들어서는 인명진 목사(2016년 12월)

나의 인생을 통틀어 가장 길었던 하루가 이렇게 저물었다.

지금도 그때 인명진 목사를 모신 선택이 옳았다고 생각한다. 만약 인 목사가 아니었다면 지금 우리 당은 이 땅에 존재하지 않았을 가능성이 높다. 나의 소신대로 주춧돌을 지켜낸 결과, 그 위에 새 집을 짓는 리모델링이 지금의 국민의힘으로 맥을 이어오게 됐다. 이 점에서 큰 자부심을 느낀다.

# 11

# 풍랑 속 돛단배처럼

   국회에서 박근혜 대통령 탄핵안이 통과된 데 이어 김무성-유승민 의원이 나가서 바른당을 만든다고 하자 탈당하겠다는 의원이 35명에 이른다는 보도가 나왔다.

   인명진 비대위원장과 상의해 "앞 숫자가 3이면 절대 안 된다"는 결론에 이르렀다. 머리 숫자를 어떻게든 2로 낮춰야 충격을 조금이라도 줄일 수 있을 거란 계산이었다. 숫자만 놓고 보면 '불과 몇 명 차이'일 수도 있지만 앞자리 숫자가 불러일으키는 심리적 파급효과는 매우 다를 것이었다.

   해당 의원들과 개별 접촉을 하는 각개전투를 벌여 탈당 인원을 29명으로 가까스로 줄일 수 있었다. 그때 재빨리 틀어막지 않았더라면 35명이 금세 불어나 40명을 돌파하고, 배 바닥의 구멍으로 바닷물이 밀려 들어와 우리 당이 침몰했을 거라는 이야기를 하는 사람들이 많다.

이처럼 예상됐던 35명의 탈당 의향자를 30명 미만으로 묶음으로써 비대위의 효과를 1차적으로 입증해냈다.

그러나 1차 효과는 일시적이라고 봐야 했다. 다시 탈당 바람이 불면 이번엔 어떤 상황으로 번질지 알 수 없었다. 탈당을 고려하는 의원은 물론 앞서 탈당한 이에게도 탈당에는 그만한 위험이 따른다는 것을 분명히 할 필요가 있었다.

곧 실행에 들어갔다. 의원이 탈당을 하면 그 지역에서 '가장 부담스러운 정적'을 당협위원장으로 임명하는 식이었다. 다른 당으로 옮겨 자기 지역구에서 출마를 한다 해도 자신의 대안이 될 만한 인물이 우리 당 후보로 나온다면 위협을 느끼지 않을 수 없을 터였다.

탈당하면 그 지역의 터줏대감 기초단체장이나 최적 대체 인물로 즉각 당협위원장으로 선정하여 발표되었다.

이런 과정을 지켜본 의원들로선 탈당의 유혹 앞에 극히 신중해질 수밖에 없었다. 이런 점이 바로 인명진 비대위원장의 탁월한 식견이자 정치적 수완이었다.

비대위원장의 당 쇄신안을 놓고 불만을 품은 쪽에서 그에 대한 색깔론을 들고나오기도 했다. 그가 노동운동을 하며 국가보안법을 위반했고 친북 성향에 미군 철수를 주장해왔다는 것이었다.

하지만 보안법 위반이나 미군 철수 주장, 친북활동은 사실무근이었다. 인 목사는 "별(전과)이 4개지만 모두 사용자의 부당노동행위에 맞서 저항운동을 돕는 과정에서 얻은 별"이라고 털어놓았다.

경제정의실천시민연합을 만든 장본인이면서 조직과 등지기도 했고, 2007년 한나라당 시절에 윤리위원장을 맡아 엄격한 기준의 잣대를 들이대기도 했다. 좌파와 우파가 나라의 발전을 위해 균형을 이루어야 한다는 것이 그의 철학이었다.

당 쇄신안에는 친박 핵심 의원에 대한 징계안이 포함되어 있었다. 핵심으로 꼽힌 서청원 의원과 두 의원에 대해 당원권 정지가 논의되었다. 당시에는 당원권 정지가 최장 1년이었는데 이를 3년으로 연장함으로써 다음 선거에 출마할 수 있는 길을 차단하는 방안이다.

일부 매체에선 "겨우 세 사람 징계하는 게 무슨 쇄신이냐"는 지적도 있었다. 화끈한 뭔가를 보여주는 게 구경하는 입장에선 통쾌할 수도 있을지 모른다. 하지만 현실 정치는 그런 게 아니다. 친박 색채가 진하든 엷든 전부 몰아세운다면 오히려 그들 모두를 자극해 2차 대규모 탈당으로 이어질 우려가 있었다.

인명진 비대위원장의 수완이 이 점에서 잘 드러난다. 제각각 목소리 높은 의원들의 불만과 요구를 꾹 참아가면서 당 조직을 살려내고 활력을 불어넣었다.

비대위를 공식 구성하고 징계 조항을 손보기 위해선 전국상임위원회부터 열어야 했다. 하지만 일부 친박 의원들이 실력행사를 하는 바람에 1차 시도가 실패로 돌아갔다. 1월 6일 개회를 했으나 서청원 의원 쪽에서 대의원 참석을 방해해 정족수가 미달되고 말았다.

인명진 비대위원장과 서청원 의원 간의 힘겨루기가 거의 매일 벌어졌다. 험악한 말들이 오갔고 서 의원은 인 위원장을 검찰에 고발하는 등 강력한 저항에 돌입했다.

하지만 당 지도부를 포함한 68명의 의원이 '인명진 표 인적 청산'에 힘을 실어주는 차원에서 자신의 거취를 비대위원장에게 일임한데 이어 초선 의원 35명도 성명서를 통해 인적 청산 방향에 적극지지 의사를 밝히면서 판세가 바뀌기 시작했다.

1월 9일 다시 전국상임위가 열렸다. 의결정족수에서 한 명이 모자랐다. 결국 5시간의 기다림 끝에 해외 출장에서 돌아오는 이철우 의원을 인천국제공항에서 직접 '모셔 오는' 방법을 동원해

성원을 이뤄냈다.

　당이 직면한 가장 큰 어려움은 '표를 얻을 만한 대통령 후보'를 내는 문제였다. 대통령선거가 2017년 5월 9일로 잡혀 불과 몇 달 앞으로 다가왔다. 우리 당도 대통령 후보를 내야 하는데 난감한 상황이었다.

　이 대목에서 잠깐 반기문 전 유엔사무총장을 언급하지 않을 수 없다. 2016년 말부터 그의 귀국이 정치권의 핫이슈로 떠올랐고 그가 대선 출마 의지를 표명한 이상, 어느 당으로 향할 것인지 비상한 관심이 몰렸다.

　그런 그가 2017년 2월 1일 우리 당사를 방문했다. 오전에 도착해 언론 앞에서 공개 발언이 끝난 다음 우리 측과 비공개회의에 들어갔을 때 내가 그에게 물었다.

　"유엔 사무총장 때 순방을 많이 못하셨습니까? 사무총장을 그만두고 오셨는데 왜 좌파와 우파의 당들을 오가면서 순방을 하고 계시는 겁니까?"

　답답한 마음에 해본 질문이었다. 반 총장과는 충북 출신 모임(청명회) 멤버로 오랜 지기였다. 내가 처음 진천·음성에 출마했을 때에는 그가 자신의 생가가 있는 음성군 원남면의 지인들에게 말씀도 해주셨다고 들었다. 내가 해양수산부 장관을 할 때는 외교부 차관으로 교류했고 JP가 천수이벤 대만 총통의 초청을 받아 대만 방문을 시도했을 때에도 한중 관계의 파장을 우려해 이를 말리는 데 힘을 모으기도 했다.

그날 내가 반 총장에게 날을 세울 수밖에 없던 이유는 우리 당의 탈당 사태에 그가 직간접적으로 원인을 제공한 측면이 있기 때문이었다. 1차 탈당으로 바른당에 모인 의원들 중에 "반기문 총장을 영입해 대통령 후보로 내세우자"는 이가 상당수라고 들었다. 애초부터 반 총장을 염두에 두고 당을 만들었다는 이야기도 있었다.

2차 탈당의 움직임도 감지됐다. 충청권 의원을 중심으로 최대 10여 명이 당을 나가 그의 캠프에 합류하기로 했다는 것이었다.

중심을 잡아줄 유력한 대선 후보가 없다는 당의 처지는 이처럼 일부 의원들이 자꾸 바깥을 기웃거리게 만든다는 부분 또한 급히 해결해야 할 과제였다.

반 총장 입장에선 아플 수도 있으나 뼈 있는 한마디를 해주지 않을 수 없었다.

"유엔 사무총장은 양쪽 진영을 다니면서 조정을 하는 게 당연할 수도 있겠지만요. 정치는 다릅니다. 진영을 먼저 선택하셔야지요. 귀국하신지 시간이 많이 지났는데 여태까지 진영도 택하지 않고 순방만 하시는 이유를 저는 이해할 수 없습니다. 제가 아는 반 총장님 성향으로는 분명 보수인데, 그러니 빨리 선택하시는 게 좋지 않겠어요?"

반 총장은 내 이야기에 "잘 알겠다"며 자리에서 일어났다.

그런데 그날 오후에 기자회견을 열더니 돌연 불출마를 선언했다. 최측근을 제외하고는 주변에 언질도 없이 발표하는 통에 혼선이 빚어지기도 했다. 하필이면 우리 당사에 들렀던 날에 포기 선언을 했기에 나로선 미안한 마음도 들었다. 그러나 다시 생각해보니 여러 가지 이유가 있겠다 싶었다.

탄핵을 당한 우리 당에는 오기가 쉽지 않았을 테고, 바른당에 가자니 어째 좀 믿음직스럽지가 않고, 그렇다고 보수 성향인 그의 입장에서 민주당에 가는 건 더 어려운 일이어서 끝내 판단을 내리지 못했던 것 같다. 특정 당에 소속되지 않고 대선에 뛰어들다 보니 하루에 들어가는 엄청난 비용을 개인이 부담할 엄두가 나지 않았을 테고 이런저런 부담이 어깨를 짓눌러 결국엔 포기할 수밖에 없었던 게 아닐까 생각한다.

2017년 3월 우리 당의 대통령 후보 경선에 등록을 하겠다고 의사를 보인 이들이 김관용 경북지사와 김문수 전 경기도지사, 이인제 의원 등이었다. 여기에 홍준표 당시 경남지사가 강력한 출마

의지를 드러냈다.

그는 당원권 정지 상태였는데(이른바 성완종 리스트 사건에 연루되어 대법원 무죄 확정이 나기까지) 인명진 비대위원장이 비대위에서 '당원권 정지의 정지'를 끌어냄으로써 대선 후보로 나올 수 있는 길을 터주었다.

3월 31일 장충체육관에서 홍준표 후보가 우리 당의 대선 후보로 결정됐다. 후보 결정 후 초반 여론조사에선 지지율이 7~8%에 그쳐 걱정이 많았다. 득표율이 15%는 넘어야 수백억이 드는 선거 비용을 보전 받을 수 있는데 난처한 상황이었다.

인명진 비대위원장은 3월 31일 대선후보 선출 직후 사임해 비대위 3개월간의 여정을 마감했다. 대통령 후보를 냈으므로 그를 중심으로 당이 뭉쳐야 한다는 취지였다.

대통령 탄핵 받은 정당으로서 당선까지 된다면 그 이상 좋을 게 없겠지만, 최소한 2등은 되어야 한다는 게 내 바람이었다. 안철수 당시 국민의당 후보에 밀려 3위를 한다면 조금씩 살아나던 당에 다시 먹구름이 몰려들 것이었다. 똘똘 뭉쳐서 선거운동에 돌입했고 지지율도 올라가기 시작해 최종 득표율이 24%에 달했다. 2위였다.

이 결과가 당이 또 한 번의 위기 상황에서 벗어나는 모멘텀으로 작용했다.

　하지만 시련은 이 정도로 끝나지 않았다. 친박은 유명무실해졌으나 한편으론 구심점을 잃은 당에 리더십이 사라져 중심을 잡지 못하고 우왕좌왕 표류하게 됐다. 그러다가 코로나19 비상사태 속에 치른 21대 총선에서 최악의 결과를 내고 또다시 암흑의 터널 속으로 빠져들었다.

ⓒ연합뉴스

반기문 전 유엔 사무총장이 새누리당사를 방문했다(2017년 2월 1일)

# 12

# 세상이 그대를 속일지라도

나 스스로는 당이 가장 어려울 때 정치생명을 걸고 앞장선 장본인이라는 점에 자부심이 있었다. 우파의 역사와 전통을 이어온 정당의 맥을 지켜냈다는 성취감도 있었다. 하지만 얼마 지나지 않아 그런 성취감과 자부심에 큰 상처를 입고 말았다.

2019년 2월 황교안 전 총리가 당대표가 되었는데, 그는 검사-법무부 장관-총리의 코스를 밟은 사람이어서 국회 쪽으로는 처음이었다. 극심한 내홍을 겪던 당의 속사정도 그렇거니와 의원들 면면에 대해서도 알지 못한 채 입당한 지 한 달여 만에 당대표가 되었다.

황교안 대표는 고등학교(경기) 4년 후배이자 대학교 법학과 직속 후배이기도 했다. 당대표가 되기 전부터 알고 지내는 사이였고, 추경호 당시 당사무처 전략기획부총장이 황교안 총리 시절에 국무조정실장을 맡은 인연이 있어서 황 대표가 된 후 그를 "적극 도와 달라"는 부탁을 여러 차례 했다. 나도 열심히 도울 생각이었다.

황 대표 체제로 2020년 4.15 총선을 치르게 되었다.

어이없게도 선거 한 달여 전 갑자기 선거구를 바꿔 청주 흥덕구로 출마해 달라는 통보를 공관위로부터 받았다. 더군다나 코로나19가 극성으로 사람도 만날 수 없는 상황에서.

그 전 총선에서도 '진박이니, 친박이니, 누구를 넣고 빼느냐'를 놓고 다툼이 벌어졌던 기억이 생생하다. '옥새 들고 나르샤' 사태까지 벌어져 결국에는 한 석 밀리는 바람에 야당에 국회의장을 빼앗기는 수모를 감수해야 했다.

2020년 공천에서는 지역구가 누구를 원하는지 봐가면서 '제대로 된 공천'을 하지 않겠나 기대를 품었으나 과거의 실패에서 배우지 못한 채 고질적인 잘못을 그것도 더 심하게 되풀이하는 모습을 목격하고는 개탄을 금할 수 없었다.

특히 책상물림 공천관리 위원들이 지역 사정을 전혀 모르는 상태에서 밀실에서 자의적으로 결정하는 방식은 크게 잘못된 관행이라고 생각한다. 충청도는 충청도 나름의, 경상도는 경상도 나름의, 수도권은 수도권 나름의 특수성을 갖고 있는데 이를 고려치 않고 인선하는 건 공정도 무엇도 아니며 그저 선거 패배로 가는 지름길일 뿐이다.

주민이 원하는 인물, 당선 가능성이 높은 인물, 도덕성을 갖춘 인물, 이렇게 세 가지가 공천의 출발점이어야 할 것이다.

청주 같은 곳은 특히 '거점 인물'이 필요한 곳이다. 사람들이 모여 사는 데다 정서가 비슷해 선거구 간에 긴밀한 영향을 주고받는 경향이 뚜렷하다. 그래서 더욱 거점 인물이 중심이 되어 넓은 안목으로 기획을 해가며 유기적으로 선거판을 이끌어가는 형태가 되어야 한다. 대전도 비슷한 특성을 보인다.

그런데 우리는 거점 인물을 제대로 활용하지 못함으로써 2020 총선에서 청주 4명의 후보가 전멸 당했고 대전도 7명 전원이 낙선하고 말았다.

청주를 포함한 충북지역에서는 그동안 내가 거점 역할을 해왔다. 지역 유권자들 가운데 상당수가 그렇게 인식하고 있었는데, 그런 나를 갑자기 쑥 뽑아서 다른 곳에 배치하니(코로나19가 한창인 가운데) 거점 역할은 고사하고 낯선 곳에 적응하다가 시간만 허비하고 말았다.

잘못된 공천은 유권자들의 심리에도 찬물을 끼얹어 비판이 고

조되었고 당에 대한 실망감이 확산되어 청주 선거가 모두 망하는 결과를 초래했다. 물론 이런 심리는 나중에 내가 보궐선거로 다시 등장했을 때 지지와 동정표로 유감없이 드러났다.

2020년 총선에서는 나의 공천만 잘못된 게 아니었다.

유승민 의원이 이끌던 바른미래당(새로운 보수당)과 손을 잡는 것이 마치 야권의 대통합인 양 착각해 이것만 이뤄지면 총선에서 승리할 수 있겠다고 믿었던 것 같다. 큰 착각이었다.

막판까지 이리저리 재던 황교안 대표가 종로에 출마한다는 발표를 보고 나는 말 그대로 '장고 끝에 악수를 두는구나' 생각했다. 당대표로서의 기본을 이해하지 못한 선택이었다.

선거에서 당대표는 무한 책임지는 자리이다. 최대한 많은 당선자가 나오도록 자원을 전략적으로 배치하고 지휘하는 데 전력을 기울여야 한다. 전국 각지로 지원 유세를 다니면서 기운을 불어넣고 민심 파악도 해가며 현장의 아이디어도 수렴하는 이동 지휘센터가 되어야 한다.

황대표는 대통령을 꿈꾸는 입장이므로 전국 곳곳의 후보들과 함께 뛰며 좋은 인연을 맺는 절호의 기회로 삼을 수도 있다. 그러니 낙승이 확실한 지역구에 이름을 걸어놓던가 비례대표로 빠져 (각오를 보여주겠다면 뒷번호) 당대표로서의 기량을 발휘할 수 있는

88

여건을 만들어야 했다.

주위에서 부추기는 말들(호의든 아니든)에 넘어가 애초에 이길 확률이 극히 적은 종로 출마를 결정하는 바람에 자기 발을 자기가 묶고 말았다. 당대표로서 격전지 후보들의 승리에 기여도 못하고, 자기 지역구에서도 이낙연 후보에 시종일관 고전하다가 낙선했다.

당의 공천 기준을 보면 여론조사 결과 및 의정활동 평가, 당무 관리 평가, 도덕성 등이 있는데 나는 또 한 가지 잣대로 '당에 대한 공헌도'도 포함시켜야 한다고 생각한다.

당시에는 내가 받은 어이없는 공천을 놓고 2016년 비대위 시절에 함께 고생했던 사람들이 분개했다.

"탄핵 맞고 산산히 쪼개질 뻔한 당을 그 고생해내며 지켜냈는데 그걸 조금이라도 생각한다면 어떻게 이런 식으로 나올 수 있죠? 해도 너무한 것 아닙니까?"

나 역시 야속하다는 생각이 들었지만 "그런 말은 하지 말자"고 했다. 내 마음 헤아려주는 사람들로부터 들은 격려가 큰 위로가 되었다.

시간이 지나 차분하게 돌이켜보니 역시 '당에 대한 공헌도'가 공천 기준에 포함되는 게 좋겠다는 생각이 든다. 선당후사(先黨後

私) 선택이 나중 언젠가 보답이 되어 돌아온다면 그 또한 멋진 기브 앤 테이크(give and take) 아닐까 한다.

그럼에도 2020 총선 패배는 어쨌거나 나의 실패였다.

인간에 대한 실망과 정치적 실패에 대한 좌절감이 한꺼번에 해일처럼 밀려왔다.

'이제는 정치를 그만 하라고 하늘이 알려주는 건가?'

배신감을 떨치지 못한 상태에서 정치를 계속한다면 큰 잘못을 저지르는 일이라는 생각이 들었다. 그래서 모든 걸 접고, 한편으론 모든 걸 가슴에 묻고 정치 생활을 정리하기로 결심했다.

21대 총선 미래통합당 청주 흥덕구 선거 사무실에서(2020년 3월)

설상가상으로
코로나19의 확산으로
비접촉 유세를 벌였다
(2020년 3월)

# 13
## 나의 기묘한 '중꺾마' 징크스

나의 20대 국회의원 임기는 2020년 4.15 총선이 끝나고 5월 말까지였다. 그 이후로는 자유인이 되어 운동도 하고 책도 보면서 편안한 생활을 한동안 만끽했다.

하지만 1년이 조금 지나니 훼방꾼들이 등장했다. 2021년 7월 청주시 시의원 도의원들이 연락을 하고는 찾아왔다.

"큰일 났습니다. 청주 4개 선거구가 완전히 망가졌습니다."

나는 흥덕구 당협위원장 직책은 갖고 있었지만 이미 정치는 안 하겠다는 결심이 선 상태여서 그쪽에 관여하지 않고 있었다.

대충은 알고 있었지만 이런 사정이었다. 당시 상당구 위원장은 라임 사건과 관련해 구속 상태였고, 청원구 위원장은 중앙당 홍보위원장을 맡게 되어 지역구보다는 중앙당 일에 전념하고 있었다. 서원구 위원장은 여러 차례 낙선으로 지역구가 활력을 잃고 있었다.

청주의 4개 선거구가 모두 당협위원장 부재 상태인 셈이었다.

"내년에는 대통령선거에 지방선거까지 있는데 청주가 이렇게 망가져서 되겠습니까? 재정비해서 끌어갈 분은 정 의원님 밖에는 없습니다. 그러니 도당위원장을 맡아서 청주를 이끌어주십시오."

나는 매몰차게 거절했다. 그렇게 안 하면 절대로 포기할 분들이 아니었다.

"저는 정치를 더는 안 하겠다고 이미 결심을 했고요. 여러분들이 지방선거에서 당선되고 안 되고는 나와 상관이 없어요. 그러니 다른 사람을 찾아보면 좋겠어요."

그들은 나를 만나고 돌아간 후 연판장을 돌리기로 하고 언론에 흘리기로 한 모양이었다.

그러고는 열세 명이 서명한 연판장이 언론에 보도되었다.

청주에 내려와서 그분들이 모인 자리에서 역정을 냈다.

"도당위원장은 충주의 이종배 의원이 출마한다던데 왜 연판장까지 돌려서 나를 난처하게 만드는 겁니까? 내가 언제 도당위원장한다고 했습니까?"

당사자가 안 한다는 데 언론에 허위 정보를 흘리는 건 지역사회를 혼란에 빠뜨리는 행위라고 퍼부어주었다. 나의 큰 목소리는 카페에 앉아 있던 다른 손님들에게도 크게 들렸을 것이다.

휴식 훼방꾼들은 세 번째 다시 찾아왔다.

"2018년 지방선거에서 쫄딱 망했던 것도 있지만 내년엔 대통령선거가 있지 않습니까. 어떻게 해서든 정권교체를 이뤄야지요. 우리가 이길 수 있게 정 의원님이 충북을 이끌어주셔야 합니다. 대선에 지방선거가 연이어 있으니 대선 결과에 따라 지방선거도 좋을 수 있고요."

나 역시 정권교체는 반드시 이뤄야겠다는 열망이 있었고, 그들의 계속된 진정성에 수락하고 말았다.

"그럼 내년 3월 대선에 6월 초 지방선거까지만 치르는 걸로 합시다."

7월 하순에 도당위원장에 선출되었고, 그 후 한 달 여 후인 8월 말 당협위원회를 재정비하느라 바쁜 와중에 깜짝 놀랄 소식이 전해졌다. 나의 원래 지역구였던 청주 상당구에서 당선된 민주당 의원이 실형을 최종 선고받아 당선 무효가 됐다는 거였다. 그래서 보궐선거가 결정되었다.

작년의 실패를 '그만하라는 하늘의 뜻'으로 받아들였었는데 어떻게 이런 일이 일어난단 말인가. 이것은 그렇다면 '다시 도전하라'는 뜻인가.

나는 낙선하면 2년 만에 부활해 더 높이 치솟는 징크스를 가지고 있다. 징크스는 불길한 쪽으로 쓰이는 말이지만 '사람의 힘이 미치지 못하는 운명적인 일'의 뜻이기도 하다.

첫 번째는 국회의원(진천·음성·괴산) 3선 도전에 실패하고 나서였다. 2004년 노무현 대통령 탄핵 역풍에 낙선한 뒤 2년이 지난 2006년 지방선거에서 충북 도지사로 재기했다.

두 번째는 2010년 충북지사 재선에 실패한 이후였다. 역시 2년이 지난 2012년 19대 국회의원 선거에 당선되어(청주 상당구) 3선 의원으로 국회로 돌아왔다.

다시 도전해 성공한다면 세 번째다. 이 정도면 확실하게 나의 징크스라 해도 과언이 아닐 것 같았다. 2020년 국회의원 낙선 이후, 이번엔 어느 쪽일까.

정치권의 관심이 내게 모이기 시작했다. 정우택이 내년 지방선거에서 충북지사 재선에 도전할 것인지, 아니면 대선과 함께 치러지는 국회의원 보궐선거에 출마해 5선에 도전할 것인지.

내가 결정을 보류한 상황에서 지역의 많은 사람들이 나에게 지사 출마를 권유해왔다. 충북 경제를 다시 살리려면 정우택밖에 없다는 이유에서였다. 더구나 민주당의 이시종 지사는 이미 3선을 했기 때문에 출마를 할 수 없으므로 "정우택은 가만 서 있어도 당선될 것"이라는 농담 같은 격려도 들었다.

나는 11월 하순에 마침내 결심을 굳혔다. 보궐선거에 출마하기로 했다.

이번 재선거가 마치 하늘의 뜻인 것처럼 주어졌기 때문에 이 도전의 기회를 거부한다면 하늘의 뜻에 반하는 것이라는 생각에서였다.

3월 9일 선거가 다가오자 상당구의 여론이 지난번 공천에 대한 불만 쪽으로 형성됐다. "어차피 정우택이 됐어야 하는데 엉뚱한 공천을 하는 바람에 재선거를 하게 됐다"는 거였다. 이와 동시에 나에 대한 동정론이 확산됐다. 선거전에서 가장 득표 효과가 탁월하다는 동정론이었다. 게다가 민주당은 귀책사유가 있어 후보 공천을 하지 않았다. 구민들의 호응에 힘입어 무난하게 도전에 성공할 수 있었다.

이로써 나의 징크스라고 일컬을 만한 세 번째가 이뤄졌다.

2020년 21대 국회의원 선거에 낙선하고 나서 2년이 지난 2022년 3월 보궐선거 당선에 따라 5선 의원으로 여의도에 귀환했다.

함께 일하는 젊은이들은 나의 징크스를 '중꺾마(중요한 것은 꺾이지 않는 마음) 정신의 승리'라고 부른다.

한 가지 더.

청주는 민주당 의원들이 4분의 3이나 차지하고 있어 대통령선거에서도 우리 당이 이기기가 쉽지 않은 지역이다. 그런데 그런 청주에서 윤석열 후보가 8400표 가량 이겼다. 큰 표는 아니지만 민주당의 도시 청주에서 이 정도 이긴 것만 해도 대단한 승리라고 할 수 있다.

대통령선거가 국회의원 재선거와 함께 치러진 것도 승리의 요인이다. 청주는 선거구가 도합 네 곳이지만 사람들이 모여서 살기 때문에 한 곳에서 선거전이 벌어져도 다른 곳까지 영향을 미치게 되어 있다.

정치를 그만두기로 결심했던 내가 마음을 돌렸던 이유가 정권교체에 미력하나마 (도당위원장으로서) 힘을 보태겠다는 생각에서였다.

그런데 당을 위해 마지막 봉사 삼아서 나섰던 일이 묘하게 풀리더니 대선과 함께 치르게 된 보궐선거에서 승리의 한 축을 이루게 되었다. 나에 대한 동정표와 지지 열기까지 한 땀 한 땀 끌어모아 윤석열 대통령 당선에 작은 도움이 되었다고 생각하니 매우 기쁜 일이다.

21대 보궐선거에 출마해
1인 피케팅 유세
(2022년 1월)

끝나지 않는 도전

---

5선 의원으로 당선
(2022년 3월 9일)

©충청매일

3.9 대선-국회의원 재·보선
동시선거 필승결의대회
(2022년 1월 22일)

윤석열 대통령 후보와
나란히 점화 버튼을 누르고 있다
(2022년 1월 22일)

CHUNG
WOO TAIK

2

"애써줘서 고마워유"

# 1

## 소고기보다
## 값진 참깨 선물

1992년 국회의원 선거에 첫 도전해 실패한 뒤로 여기저기 얼굴을 내밀고 다닐 때의 일이다. 명색이 지구당 위원장이랍시고 사방에서 주례 부탁이 들어왔다.

갓 마흔을 넘긴 나이에 주례라니 민망했지만 부탁해오는 분들은 진심이었기에 거절하기가 어려웠다.

그런 와중에 외진 마을에서 주례 부탁이 들어왔다.

"우리 동네 사람인디 일가붙이 하나 없고 처지가 딱하니 꼭 좀 주례를 서줘유."

표 계산에 빠른 정치인은 친척이나 하객의 수가 많은 집안의 주례를 가려서 맡는 경우가 있다고 한다. 이왕 맡은 주례라면 많은 사람 앞에 서는 게 선거에도 유리할 테니. 하지만 나는 그런 것

따지지 않고 시간만 되면 전부 다녔다.

결혼식 전날, 아내가 그 사람 사는 곳을 물어왔다. 미리 가서 결혼 준비를 도와주고 싶은 모양이었다.

그때까지 나는 아내에게 뭘 해달라고 부탁한 적이 없었다. 아내는 여전히 정치를 부정적으로 생각하고 있어서, 아내가 나로 인해 낯선 시골마을을 돌아다닐 일이 생길 때마다 고맙고 미안할 따름이었다.

"굳이 뭐 찾아갈 것까지 있겠소? 피곤할 텐데 그냥 쉬어요."

하지만 아내는 기어이 고집을 부렸다. 할 수 없이 동네 이름만 알려 주었다. 이 당시 아내는 나의 지역구 일을 도우면서 서울의 아이들까지 챙기느라 매일 장거리 출퇴근을 하고 있었다. 그날 밤, 밤이 이슥해진 뒤에야 돌아왔다. 울었는지 아내의 눈자위가 붉었다.

"차마 눈뜨고 볼 수가 없더라고요. 말이 집이지 문짝 하나 없는 거 있죠?"

그렇게 힘들게 사는 사람들이 꽤 있었다. 나도 처음에는 많이 놀랐는데 아내에게도 큰 충격이었던 모양이다.

아내는 나의 질문에는 말끝을 흐렸다.

"그냥 말동무나 해주고 왔죠. 뭐, 내일 주례 잘 서 주세요."

주례를 잘 서고 못 설 게 뭐 있는가? 결혼 축사야 다 비슷한데...

그래도 아내의 말이 자꾸 머릿속에 맴돌아 다음날 결혼식장에서 마음이 쓰였다. 매우 간소한 결혼식이었지만 아내의 손길로 짐작되는 장식이며 음식들이 눈에 들어왔다. 그런 작은 정성 덕에 그나마 모양새는 갖춘 결혼식이 되어 다행이었다.

하객도 많지 않고, 얼굴 한번 본 적이 없는 신랑 신부의 결혼식이었지만 나는 정성껏 주례를 보았다.

며칠 뒤, 그 가난한 신랑 신부가 감사 인사를 하겠다며 굳이 찾아왔다. 두 사람은 연신 "고맙다"면서 종이 상자를 하나 내밀었다. 나는 거절했다. 여유 있는 사람이 뭔가를 내밀어도 부담스러운 판에 문짝도 없는 집에 산다는 사람의 선물을 어떻게 받는단 말인가. 두고두고 속이 편치 않을 터였다.

"이런 선물 못 받는 걸로 되어 있으니까 그냥 가져가세요."

그렇게 다시 돌려주는데도 부부가 막무가내로 던지고는 달아나 버렸다.

상자를 열어보니 참깨였다. 아내가 나중에 보고는 "한 말은 될 것 같다"고 했다. 그 무렵 참깨가 귀해서 소고기처럼 비싸다는 말이 있었다. 부부는 나에게 보답은 하고 싶은데 그럴 만한 게 없어 마침 수확한 깨를 싸 들고 온 모양이었다. 그 어떤 선물보다 귀하고 소중하게 느껴졌다.

아내는 그 참깨를 냉장고에 넣어 두었다. 아껴가며 한동안 맛있게 먹었다. 아내는 그 이후에도 참깨만 보면 그때 그 사람들이 생각난다고 했다. 그 참깨 맛은 유난히 고소했다.

충북은 전통적인 농업도(道)였다. 유일하게 해안이 없는 내륙지역이다. 이는 한편으론 해안 중심의 압축 성장 개발 축에서 소외된 결과이기도 했다.

면적이나 인구수의 면에서도 다른 곳에 비해 작은 편이다 보니 분위기도 가라앉아있었다.

나는 처음 정치에 입문해 지역을 돌아다니며 그런 현실을 뼈저리게 느꼈다. 그럴 때마다 마음에 새겼던 생각이 '잘 사는 충북을 만들어야겠다'는 다짐이었다.

# 2
## 미래 조감도,
## '한국의 스위스'

2006년 도지사로 나서면서 '잘 사는 충북', '잘 살 뿐만 아니라 행복지수도 높은 충북', '살고 싶은 충북'을 미래 조감도로 그려보았다.

'작지만 강한 충북'을 만들면 좋겠다고 생각했다. 강대국 사이에 껴있지만 강한 나라 스위스처럼 말이다.

도정 슬로건도 '잘 사는 충북, 행복한 도민' 이렇게 정했다.

잘 사는 충북을 만들려면 지역 경제를 일으켜 세워야 한다. 그러기 위해선 양질의 기업을 다수 유치해, 좋은 일자리를 많이 만드는 프로세스가 선행되어야 한다.

지방자치가 도입되기 전에는 도지사가 내무부 소속 공무원이었다. 지방으로 발령을 받아 중앙정부와 협의해가며 (중앙에서 시키는) 일을 하는 게 일반적이었다. 지방자치제도가 자리를 잡은 뒤로 역할이 바뀌긴 했지만 중앙정부와 긴밀하게 소통해 돈이든 기회든 잘 따오는 게 열심히 일하는 도지사의 귀감이었다.

그러나 내가 내세운 충북지사는 '행정의 달인'이나 '조정자 역할'이 아니라, 적극적인 '세일즈 지사'였다. 최고경영자(CEO)의 마인드로 국내외 대기업의 신규 투자나 유망 중소기업 충북 유치를 위해 핵심 슬로건으로 'BUY충북(충북에 투자하세요)'을 외쳤다.

나 혼자 '세일즈 지사'며 '충북도 CEO'를 표방한다고 기업들이 유명 맛집처럼 찾아와줄 리는 없었다. 조직 구성원 모두가 같은 생각을 갖고 움직여주어야 "충북도가 뭔가 일을 낼 것 같다"고 소문이라도 날 터였다.

흔히 '공무원' 하면 기업의 생산적 활동과는 거리가 멀어 보이는 게 일반적이다. 나로선 도청직원들에게 어떻게 경제마인드부터 심느냐 하는 게 관건이었다.

그래서 취임 이후 곧바로 도청 전 직원을 대상으로 분명한 도정 목표 이해와 결집된 생각을 공유하기 위한 경제교육과 정신교육을 실시했다. 월 1회 각 부문 전문가들도 모셔서 우리가 나아갈 방향을 모색했다. 내가 솔선해 노트를 들고 교육에 참여해 메모해

가며 공부를 했다.

함께 공부해 사명감으로 무장한 공무원들이 하나둘 현장으로 나가기 시작했고 이들이 수많은 난관을 돌파해가며 기업 유치에 성공하여 충북 경제는 그 이후로 급성장하는 계기가 되었다. 기구 개편을 통해 경제국에 투자유치과 등 관련과들을 신설하고 조례도 개정하였다. 투자유치를 위한 '기업사냥꾼'도 뽑았다.

취임 6개월이 지난 2007년 1월 '충북경제특별도' 선언과 함께 특별 담화문을 발표했다.

이 선언의 요지는 경제활동 여건을 획기적으로 개선하여 기업 인들이 우대받으며 최적의 투자환경 속에서 역동적인 기업 활동을 벌일 수 있도록 지원하겠다는 것. 이를 통해 충북을 가장 빠르게 발전하는 지역으로 만들자는 내용이었다.

다시 말하면 '충북을 경제특별도로 만들겠다'는 메시지를 대내외에 선언함으로써 충북의 새 이미지를 띄워 올리는 동시에, 국내외 대규모 신규 투자 및 수도권 이전기업을 유치하겠다는 전략이었다.

지금은 대다수 지자체가 경제를 표방하며 기업 유치에 나서고 있지만 그 당시로는 획기적인 일이었다. "충북이 사고를 치고 다닌다"는 소문이 퍼지기 시작했다. 수도권에서 지방 이전하는 기업에 지원하는 정부 보조금의 거의 절반 가까이를 충북이 가져간다고...

나는 충북이 도약할 수 있는 블루오션을 반도체와 2차 전지, 정보기술(IT), 생명공학(BT) 등 첨단산업 분야에 있다고 보았다. 이 분야 기업들을 다양하게 끌어들여 지식기반형 첨단산업 벨트로 '남한강의 기적'을 달성하겠다는 목표를 세웠다.

이를 통해 충북이 내륙의 '낙후지역'에서 국가경영의 '선도지역'으로, 국토개발의 '주변지역'에서 국토경영의 '핵심지역'으로, '전통산업도'에서 BT·IT 중심의 미래형 '첨단산업도'로 거듭날 것이라고 믿었다.

바로 충북의 산업지도를 바꾸는 것이었다.

"애써줘서 고마워유"

©충북일보

지방정부 최초로 'CEO형 지사, 경제특별도'를 선언하였다(2007년 1월)

# 3

# "도지사 때 최고였잖유"

택시 운전을 할 때 시민들과 나눈 세상살이 이야기는 나의 눈과 귀를 더 밝게 해줘서 정치인으로 성장하는 데 큰 도움이 되었다. 그런데 어떤 분들은 그 수준을 넘어 나를 걱정해주고 응원해주는가 하면, 심지어 위로까지 해주었다.

어떤 중년 승객분이 나를 알아보고 이런저런 얘기를 하다가 목적지에서 내릴 무렵 이렇게 한마디 해주는 것이었다.

"우리 잘 살라고 반도체공장도 짓고... 애를 써줬는데... 저번에 (도지사 재선 도전) 당선을 못 시켜줘서 미안혀유."

그 한마디로 가슴속에서 뭔가 울컥했다. 하이닉스를 유치하느라 피 말리는 경쟁을 벌일 때에는 하루 몇 시간도 수면을 취하지 못한 날이 부지기수였다. 그 외에 온갖 업무에 쫓기며 임기를 다

보냈다.

그렇게 정신없이 일하면서 정이 들었는데 벌려놓은 일도 마무리 못한 채 그만두게 되니 마음이 많이 아팠을 수밖에. 하지만 위로와 응원을 해준 분들 덕분에 상처받았던 마음에 새 살이 돋아났고 그 기운으로 청주시 상당구 국회의원에 출마해 재기할 수 있었다.

그분이 언급했던 반도체공장이 하이닉스다.

하이닉스는 그 당시 주인이 없는 기업이었는데, 현대전자(하이 닉스의 전신)가 LG반도체를 흡수해 규모를 키웠으나, 예상치 못했 던 반도체 경기 악화로 인해 경영난에 빠졌고 결국에는 채권단에 의지해 연명 중이었다.

그런 와중에도 하루가 다르게 바뀌는 정보기술(IT) 발전 속도에 맞춰 지속적인 투자가 필요한 것도 반도체산업 특성이다. 당장 눈 앞에 닥친 현안이 라인 11, 12를 증설해야 하는 거였다. 라인 한 개 당 4.5조 원씩 총 9조 원이 투입되는 큰 규모였다.

문제는 이 라인을 어디에 설치할 것인가 하는 점이었다.

하이닉스의 본사는 이천이었고 당시 대표이사는 당연히 이천 에 설치해야 한다는 주장을 폈다. 이런 입장을 입김이 막강한 김 문수 당시 경기도지사가 지지하고 나섰다.

그 맞은편에 선 게 나를 필두로 한 '청주유치파'였다. 장장 7개

월에 걸쳐 용호상박의 경쟁을 치른 끝에 청주로 유치하는 네 성공
했다.

경쟁 포인트 첫 번째는 환경문제였다.

중앙 정부가 '이천공장 추가 증설'에 우려를 제기했던 원인이
바로 이 부분. 이천공장은 한강의 상류지역에 자리 잡고 있어 수
도권 2300만의 식수원인 팔당호의 수질 보전에 역행한다는 시각
이었다.

식수에서 기준치를 넘겨선 안 될 물질로 1번 구리, 2번으로 납을
꼽는데 반도체 공정에서 가장 많이 배출되는 게 바로 구리였다.

김문수 경기도지사는 과거 15대 국회에서 나와 함께 환경노동
위원회 소속이었다. 당시 김문수 의원은 팔당댐에서 물을 채취해
와서는 정부를 상대로 날카롭게 따져 물었다.

"이런 물을 어떻게 수도권 2천만 주민의 식수원으로 쓸 수 있
단 말입니까?"

그는 우리나라가 일본의 환경기준을 도입해 적용하다 보니 국
민의 건강을 위협하는 사태가 벌어졌다며 기준치를 대폭 강화해
야 한다고 역설했다.

그랬던 그가 하이닉스의 이천공장 추가 증설을 위해서는 완전히 다른 주장을 폈다.

"우리나라 환경기준이 너무 높은 겁니다. 기준을 완화시켜야 합니다. 이천공장에 증설을 해도 아무 문제가 없어요."

전화상이었지만, 내가 국회 환노위 때의 기억을 떠올려 "그때하고 사람이 어떻게 180도 달라졌냐"고 웃으며 힐책하자 김 지사는 마땅한 대응논리를 찾을 수 없었는지 웃음으로 넘겼다.

두 번째 포인트는 경제적 문제, 즉 얼마나 효율적인가 하는 점이었다.

모든 사업이 그렇겠지만, 특히 반도체는 어떤 분야보다도 치열한 비용 싸움이 벌어지는 격전의 현장이다. 단 1센트라도 비용 경쟁력에서 밀리면 시장을 확보하기 쉽지 않다.

당시 노화욱 경제부지사가 결정적인 아이디어를 냈다. 하이닉스 임원 출신이었던 노 부지사는 획기적으로 비용을 절감할 수 있는 복층형 라인을 제안했다. 같은 면적의 땅에서 두 배의 생산효과를 낼 수 있는, 당시로는 획기적인 방식. 그러나 최신 공법인데다 국내에서 시도된 적이 없기에 성공을 낙관할 순 없었다.

하지만 반도체 라인 건설에는 땅의 확보가 필수적인 만큼, 복층화에 성공할 경우 전체 면적을 크게 줄이는 동시에 채산성까지 획기적으로 개선할 수 있다는 부분엔 이론의 여지가 없었다.

나는 복층 라인 아이디어를 정세균 당시 산업자원부 장관에게 전달했고 정 장관은 나의 요청에 의해 산자부 회의 때 경제부지사가 브리핑을 할 수 있게 해주었다. 그 후 경제장관회의를 거쳐 최종 결정하는 중간에 학교 친구인 권오규 당시 경제부총리한테서 전화가 왔다.

"복층 라인 하는 거 정말 문제없지?"

나는 자신 있게 대답했다.

"일본에선 이미 시행된 바 있고, 반도체 전문가인 우리 경제부지사가 산자부에도 이미 충분히 설명한 바 있네."

마지막 관문은 땅 문제였다.

나는 하이닉스에 이 부분도 적극적인 지원을 하겠다고 약속했다. 해당 기업의 부도 이후 공중에 떠있던 삼익건설 부지(3만 3000평)가 무려 15곳에 근저당이 잡혀 있었지만 한 달 안에 해결해야 했다. 한 달 만의 근저당 해제는 피 말리는 순간순간이었다.

하이닉스가 매입하겠다면 공시지가와 매입가의 차액 및 인프라를 지원하는 한편 임대를 희망한다면 충청북도·청주시가 매입한 후 임대 및 인프라를 적극 지원하겠다고 계획을 내놓았다.

여기에 더해 장기적으로는 70만~100만 평 규모의 반도체 집적화 단지를 조성, 하이닉스와 협력업체에 적기에 지원하겠다는 내용도 추가했다.

경제장관회의에서 마침내 결정이 났고 사업이 빠른 속도로 진행되었다.

기공식 때 참석한 경기도의 고위 관계자가 나에게 슬며시 와서는 이렇게 물었다.

"경기도청이 정우택 지사님 때문에 난리가 났습니다. 하이닉스 빼앗긴 것에 대해서 다들 뭐라고 하는지 아세요?"

"뭐라고 하는데요?"

"다 이긴 게임을 정우택 때문에 졌다고 해요. 정우택의 인맥에 진 거라고"

저쪽은 하이닉스의 경영자는 물론 실세 경기도지사까지 팔을 걷고 나선 총력 수성전이었다. 불리했던 우리가 온갖 수단을 강구해 방향을 틀고 마침내 공장 유치에 성공했으니 그들로선 허탈했을 터였다. 경기도 이천시에서는 시장과 시의회 의장이 삭발하는 사건도 발생했다. 그의 지적이 맞는 말이기는 했지만 내색할 순 없었다.

ⓒ충북도청

SK하이닉스반도체 투자유치 체결식(2007년 4월)

하이닉스 청주공장은 라인 11, 12 이후 지금은 라인 15까지 설치되어 가동 중이며 이로 인해 청주가 반도체산업의 새로운 메카로 부상하게 됐다.

SK로 경영권이 넘어간 SK하이닉스반도체 부분은 2022년도 기준, 청주시에 법인지방소득세 883억 원을 납부했다. 이는 청주

©충북도청

SK하이닉스반도체 청주 제3공장 방문(2008년 8월)

의 1만 4천 115개 기업이 납부한 2,281억 원의 38%를 차지하는
액수다.

# 4

# 기업사냥꾼과
# 차세대 배터리 공장

충북 경제특별도를 선언하며 차별화된 기업 유치 전략도 함께 발표했다. 맞춤형 산업단지를 조성해 국내외의 유수한 기업들의 투자를 끌어들이겠다는 생각이었다.

권역별로 특화단지를 조성해 북부권에는 기업도시 중심형(IT 벤처, 부품소재, 신소재산업), 중부권은 혁신도시 중심형(반도체, 의약품 등 IT·BT산업), 남부권은 농업바이오 중심형(건강기능성식품 등 농축산 BT산업)으로 특화 육성하겠다는 세부계획도 내놓았다.

하지만 계획이 아무리 좋다고 한들, 지방정부의 방침만 보고 찾아올 회사가 얼마나 되겠는가. 우리가 먼저 찾아가 가능성이 있는 기업을 찾아내고 우리 지역에 투자하면 뭐가 좋은지 설득해야 첫 단추를 달 수 있는 게 기업유치의 기본이다.

우리끼리 입버릇처럼 했던 캐치프레이즈는 '기업은 그냥 오지 않는다'였다.

서울 강남의 코트라 빌딩에 사무실을 차리고 8명의 전담 직원을 배치했다. 이들이 '기업사냥꾼'처럼 다니면서 활약을 해준 덕분에 많은 기업들을 유치할 수 있었다.

2007년 4월 무렵. 우리의 사냥꾼이 냄새를 맡았다. LG가 신수종 사업 투자를 모색 중인데 2차 전지 분야일 가능성이 높다는 것, 자칫하면 중국에다 공장을 건설할 수도 있다는 고급 정보였다.

그 정보를 입수하자마자 LG화학의 경영진과 직접 접촉했다. "아직은 검토 단계고 결정이 난 사항은 아니다"라는 답변을 들을 수 있었다. 그에게 "충북이 2차 전지를 주력산업화하고 있으니 확정 시점에 꼭 다시 만나자"고 신신당부를 했다.

그 후 10월에 사냥꾼이 다시 기밀 정보를 보고해왔다. 미국의 GM자동차 계열 쉐보레 브랜드가 2015년에 생산할 전기자동차에 LG가 리튬 배터리를 공급하기로 계약을 따냈다는 것이었다.

서둘러 서울로 올라가 경영진을 만났다. "충북에 공장을 지어달라"고 요청했다. 우리 측이 제시한 조건에 대해 LG 경영진도 긍정적인 입장을 보였다.

나는 곧바로 충북개발공사로 하여금 오창 2산업단지 조성에 들어가게 했다. 산업단지를 만드는 것은 무분별한 투자로 인한 난개발을 방지하는 목적도 있지만 해당 산업의 연계발전을 위한 포석도 있다. 계열화되어 있는 생산시설이 한 군데로 모이는 게 효율과 경제성이 높으니 말이다.

이처럼 기업들이 오기를 기다리기보다는 가능성 있는 기업을 찾아내어 우리가 먼저 찾아가는 식으로 기업 유치를 성사시켰다. 몇몇 기업사냥꾼은 망설이는 기업을 설득하기 위해 수십 번 찾아가는 끈기를 보여주기도 했다.

우리 공무원들이 처음부터 발 벗고 나선 것은 아니었다. 경제특별도를 내걸고 투자유치를 시작했지만 과연 얼마나 해낼지 반신반의하는 분위기였다.

경제특별도 선언을 한 후 직원월례조회 때 "민선 3기 경기도 손학규 지사가 14조 원을 유치하였다고 하니 우리는 2년 만에 14조 원 돌파로 하자"고 했더니 피식피식 조롱(?)의 웃음소리가 터져 나왔다. 하지만 성공 사례가 하나둘 나오고 차츰 이력이 붙자 2년 만에 투자유치액이 16조 원을 돌파했다. 그리고 4년 만에 24조 원을 달성했다. 산술적으로 매일 평균 약 165억 원의 투자를 유치한 셈이었다. 그것도 땅을 다 사야 투자체결을 하였다.

　지방으로 기업을 이전하게 되면 산업자원부가 지원금으로 보조해주는 제도가 있었는데 그 당시 전체 지원금의 절반에 가까운 금액을 충북에 투자하는 기업들이 받아 갔다는 얘기도 돌았다.

　이렇게 충북을 명실공히 '경제특별도'로 만들어냈다. 성공 비결은 선제적으로 산업단지를 만들며 애정 공세를 펴는 '보여주는 설득'이 통했다는 것이었다.

　충북의 산업단지 조성은 민선 1기부터 3기까지 12년간 19개에 불과했다. 그러나 내가 재임했던 민선 4기 4년간 29개를 조성했다. '경제 도지사'라는 별칭에 맞게 발로 뛰면서 투자설명회를 열었다. 그 덕에 기업인들 뿐 아니라 다른 광역단체장들까지 '경제특별도' 충북을 주목하기 시작했다.


　그러나 호사다마(好事多魔)라 했던가. 정부가 세종시에 정부 부처를 내려보내는 대신 기업들을 보내는 방안을 추진한다는 이야기가 흘러나오자 우리 쪽도 영향을 받지 않을 수 없게 되었다.

　LG 측의 입장에 변화의 조짐이 느껴졌다. 세종시 쪽도 봐가면서 최종 결정하겠다는 의향 같았다.

　어쩔 수 없이 타협안을 제시해야 했다. LG가 공장을 앞당겨 투자하는 대신 우리가 부지 매입 가격을 낮춰 주는 조건으로 합의를 보았다. 2조 원 규모를 투자해 공장 착공에 들어가는 조건으로 계약을 맺었다.

2009년 6월 오창테크노파크에서 LG화학의 전기자동차용 배터리 공장 기공식이 열렸고, 2011년 4월에 연간 10만 대 생산공장이 준공하게 되었다.

미래 산업의 양대 축이라는 반도체와 2차 전지 분야 대규모 공장을 청주에 유치했다는 자부심은 지금도 가슴 벅차게 느껴지곤 한다.

"애써줘서 고마워유"

충북 투자유치센터 개관(2007년 1월)

LG화학 투자 유치(2009년 3월)

# 5

# 지금도 아픈 손가락 두 개

충북도지사로 일하면서 나의 자식과도 같은 여러 프로젝트를 성사시켰다. 반면 어떤 부문에선 쓰디쓴 실패의 맛을 봐야 했는데 그중에서도 특히 아픈 손가락이 두 개가 있다. 둘 중에서 하나만 성공했더라면 충북의 미래를 30년~50년 정도 앞당길 수 있는 절호의 기회였다. 그러나 도지사 재선에 낙선한 뒤로 둘 다 흐지부지되고 말았다.

그 첫 번째가 오송메디컬그린시티 프로젝트였다.

나의 전임자인 이원종 지사가 2002년 바이오 쪽에 관심을 갖고 기초 작업을 해놓고 있었다. 내가 취임하면서 보니 2007년에 바이오엑스포를 충북도에서 열기로 되어 있었던 거였다.

하지만 길도 제대로 깔려있지 않는 등 인프라가 형편없는 상황이었다. 이대로 개최했다가는 실익을 거두기는커녕 의미마저 퇴색될 것 같았다. 1년을 미루기로 결정했다.

마침 한국무역협회도 바이오엑스포 행사를 추진 중이라는 정보를 듣고 이희범 당시 무협회장을 만나서 제안을 했다.

"비용도 절감할 겸 두 기관이 공동으로 오송에서 개최하는 게 어떻겠습니까?"

이 회장도 선뜻 동의해 주었다. 비용은 절반씩 분담하기로 했다.

얼마 지나지 않아 전국의 지방 정부들이 첨단의료복합단지를 유치하기 위해 제각각 발 벗고 나섰다. 첨단의료단지는 정부가 오는 2038년까지 8조 6천 억 원을 투입해 신약개발지원센터 등 최첨단 시설을 건립하겠다는 매머드급 프로젝트였다.

이곳에 기초, 임상 연구를 토대로 신약, 의료기기 등을 개발하는 의료연구개발 허브단지를 조성하겠다는 구상이다.

알아본 결과 심사위원을 15명으로 구성한다는 정보를 입수할 수 있었다. 바이오와 의약계 최고 전문가들일 게 자명했다.

심사위원으로 뽑힐 가능성이 있는 명단 200여 명을 만들어 1년여에 걸쳐 실무자들을 보내기 시작했다. 소개 자료를 가지고 개별

적으로 찾아다니면서 '왜 오송인지' 납득케 하는 대장정이었다.

총리실 산하 심사위원회에서는 일찌감치 대구로 기울어버렸다. 대구는 당시 바이오인프라가 아주 취약한데도 평상시에도 경북도와 대구는 워낙에 강력한 정치적 힘을 가져 이들과 맞붙을 경우 낙승을 장담하지 못하는 경우가 많았다.

그런데 그날따라 이상하게 심사위원들이 '대구' 하나로 끝내는 게 아쉬웠는지, 한 군데 더 뽑으면 어떨지를 놓고 회의를 길게 이어갔다. 복합단지를 하나 더 설치하면 경쟁과 특화를 통한 성과를 도출할 수 있다는 게 이유였다. 해외에서도 하나보다 복수를 선택하는 경향이 있다는 이야기도 나왔다.

그렇게 해서 오송의 신약과 원주의 의료기기, 2가지를 놓고 투표가 진행되어 오송이 14대 1로 유치에 성공하는 개가를 올렸다. 실무자들을 대거 보내 설득에 나섰던 것이 이렇게 결실을 맺은 셈이었다. 2009년 8월 16일이었다.

나는 첨단산업복합단지가 충북으로 유치될 것으로 확신하고 다른 사전 준비도 하고 있었다.

2008년 말~2009년 미국을 연이어 방문하며, 오송 첨단의료복합단지에 미국의 유명 의료 관련 업체들을 입주시켜 바이오와 메디컬 분야에서 '동북아의 허브'를 노리는 것은 물론, 세계적 수준의 바이오 의료 클러스터로 발돋움시키겠다는 포부를 가지고 있었다.

예를 들자면 이런 사업이 가능했다. 한국과 미국 공동으로 '특수 부위 전문 병원'을 설립할 경우 우리 충북도와 미국의 굴지의 생명보험회사와 계약을 맺는다면 미국에서보다 훨씬 싼 가격으로 환자들이 오송을 방문해 정상급 의료진에 첨단 장비의 도움으로 수술을 받을 수 있게 된다. 이로써 오송 일대를 세계적인 메디컬 쇼핑의 중심지로 만들어보겠다는 구상이었다.

이와 함께 오송역 부근에 컨벤션센터와 복합쇼핑몰, 주상복합 아파트를 건설하는 등 오송 역세권 개발사업과 연계시키겠다는 계획도 갖고 있었다.

미국 하버드 의대 18개 지정 및 협력병원이 합작 설립한 PHS(Partners Healthcare Services)와 협약을 맺었는데 미국 병원들은 이처럼 통합기구를 만들어 의료 관련 정보 및 노하우를 공유함으로써 효율을 개선하는 한편 서비스의 질 향상을 도모하는 경우가 많다.

텍사스 메디컬 센터(TMC) 측과도 협력을 약속했다. 휴스턴에 위치한 세계 최대 규모의 의료복합단지인 TMC는 세계 최고의 암 치료로 유명한 텍사스대 M.D.앤더슨 암센터 등 13개의 유수한 병원 및 심장연구소 등 19개 교육-연구기관, 휴스턴시 보건국 등

15개 보건 관련 기관 등 총 47개의 공사립 의료기관으로 구성돼 있다. TMC는 60여 년간 의료복합단지로 발전하는 과정에서 축적한 경험을 한국에 전수하고 공유하는 등 상호 협력할 용의가 있다고 밝혔다.

이 밖에도 보스턴 치과대, 메릴랜드주 및 몽고메리카운티 정부, 바이오의약 기업인 티슈진 프로모젠사 등과 MOU를 체결하는 한편, 코네티컷주 교육위원회(CREC)와는 과학교육 분야 특수목적학교인 마그넷스쿨의 오송 역세권 진출에 대한 의견 접근을 봤다.

국내에서도 서울아산병원, 삼성의료원, 충북대, 가톨릭대, 고려대, 단국대, 유한양행, LG생명과학, CJ제일제당, 한올제약, 녹십자, 생명공학연구원, 기초과학지원연구원, 한국산업기술시험원 등이 참여 의지를 드러냈다.

이를 뒷받침하기 위해 오송-오창지역을 경제자유구역으로 지정하기로 중앙 정부와 합의를 이뤄냈다. 경제자유구역으로 지정되면 외국투자기업의 경우 3~15년간 소득세, 법인세, 취등록세, 재산세 등이 100% 감면되고 외국인 근로자에 대한 과세특례가 적용되는 등 외국인 투자유치는 물론 교육-의료기관의 진입도 용이해질 터였다.

　우리 실무진은 2017년까지 총 115억 달러 이상의 투자가 이뤄질 것이라고 전망했는데 10년 후에는 오송 메디컬 시티가 미국의 TMC에 버금가는 동북아 최고의 의료바이오 클러스터가 될 수 있다고 자신했다.

　하지만 이러한 나의 비전은 도지사 재선에 실패한 이후 동력을 잃고 '바이오 메카'로 급부상했던 오송의 이미지는 이제는 찾을 수가 없다.
　연구소와 국가기관, 관련 기업과 더불어 이에 종사하는 사람들이 모여 사는 주거 복합공간으로서의 오송 역세권 개발도 무산되었다.

　또 하나의 아픈 손가락이 MRO 사업이다. MRO란 항공정비 사업(Maintenance, Repair and Overhaul)의 줄임말로 항공기의 수리, 정비, 개조를 뜻한다.
　항공산업은 크게 항공기 제작, 항공운수, MRO 사업으로 구분된다. 항공기를 정상적으로 운용, 유지하기 위해서는 정기적으로 수리 및 정비를 행해야 하고, 사용 용도를 변경하기 위한 개조의 필요성도 있기에 항공 수요가 커질수록 MRO 비즈니스도 따르기 마련이다. 국내 항공사들은 대개 싱가포르 MRO를 이용해왔다.

마침 국토부가 2009년부터 2014년까지 5년간 항공분야 정책방향과 실천 전략을 담은 '제1차 항공정책 기본계획'을 수립, 2009년 12월 청주국제공항을 항공정비시범단지로 단독 지정해 놓은 상황이었다.

이 분야는 첨단사업이면서도 손끝 기술에 많이 좌우되는 노동집약적 특성이 있어 충북도에 1만 2천 명의 고용효과를 불러올 것으로 예상했다.

다른 지자체에서 눈뜨기 훨씬 전인 2007년부터 이 사업을 준비했는데 2010년 1월 김홍경 당시 한국항공우주산업(KAI) 대표와 청주국제공항에 항공정비산업단지 조성을 위해 협력하는 내용의 양해각서를 체결했다.

이를 토대로 충북도는 청주공항 내 특정 부지(국방부 소유)를 외국인투자구역으로 지정해 항공기정비 산업단지를 만들고, 이곳에 항공기 부품 생산·조립 공장을 유치할 예정이었다.

세계적인 MRO 기업인 싱가포르 STA사와 협력하기 위해 청주공항으로 초빙한데 이어, 일본 최대 항공기업인 JAL그룹의 JAL엔지니어링과 항공정비사업협력 양해각서도 체결했다.

하지만 내가 2010년 재선에 낙선한 뒤로 사업 추진 속도가 떨

©충청매일

바이오코리아 2007 개막식(2007년 9월)

어졌다. 2013년 2월 청주공항 MRO단지가 충북경제자유구역으로 지정되는 것까지는 좋았으나 대체부지 마련을 놓고 국방부와의 협상이 지리멸렬한 가운데 대표이사가 교체된 KAI가 돌연 추가 조건을 요구하며 시간을 끌기 시작했다.

KAI는 결국 충북과의 협력체결을 파기하고 경남도·사천시와 MOU를 체결하고 말았다. 항간에는 홍준표 당시 경남지사가 뒤늦게 이 사업에 눈독을 들여 뛰어들었다는 이야기가 나돌았다. 그가 경남지사에 당선된 뒤 6개월 만에 벌어진 일이었다.

일찌감치 MRO에 눈을 떠 기술력을 가진 KAI와 약혼(MOU 체결)까지 했는데, 내가 충북도청에서 사라지자 경남도 쪽에서 달려들어 파혼(공동계획 철회)을 시킨 꼴이 되고 말았다.

아픈 손가락 두 개는 지금도 이따금 꿈에 나타난다. 대입시험에 낙방하고 나서 한동안 악몽을 꾸었는데 오송 프로젝트와 MRO 두 가지는 그보다 훨씬 오랫동안 꿈에 나타나는 걸 보면 두 손가락 쪽이 더 많이 아팠던 것 같다.

# 6

# 엎친 데 덮친 형국에는

2010년 6월 충북도지사 선거에 여러 후보가 출마했지만 사실상 양자 대결이라고 봐야 했다. 국회의원 재선에 이어 도지사 재선에 도전하는 나와 충주시장 3선에 국회의원 재선의 이시종 민주당 후보 간 대결이었다.

여론조사 지지도는 내가 1월부터 5월까지 줄곧 10% 정도 앞서갔다. 지방선거 기준으로 보면 현직 지사와 전 충주시장 간 대결이기에 나의 낙승이 예상된다는 게 미디어나 여론의 공통된 분석이었다. 나의 우세는 '경제 도지사'로서의 활약 덕분이기도 했다.

그만큼 재선 성공에 대해 의심하지 않았다. 하지만 악재가 한번 두 번 이어지던 게 막판에 공포 심리로 폭발하자, 지난 4년에 걸쳐 쌓아온 성과들이 무색하게 나의 선거가 무너지고 말았다.

첫 번째 악재는 이명박 정부의 '행정수도 세종시 축소안 발표'였다.

2009년 11월 정운찬 총리는 "당초의 행정부처 세종시 이전 계획을 재검토하고 세종시를 교육·기업·문화도시로 개발하겠다"고 발표했다.

내용인즉 세종시에 행정기관 3분의 2가 내려가 있지만 비용이 많이 들고 국가 발전에 지장을 주고 있으므로 행정부처를 서울로 복귀시켜야 한다는 거였다. 그 대신 기업들을 세종시로 보내겠다고 했다. 이따금 거론되며 여론의 간을 보던 이명박 정부의 '세종 행정수도 폐지' 플랜이 모습을 드러낸 셈이다.

세종시 축소라는 패러다임 전환은 이제 겨우 꿈틀거리는 충북의 지역 경제에 악재가 될 것임에 분명했다. 이 문제는 선거기간 내내 충북지역 건설시장에 먹구름으로 깔려있었다.

두 번째는 2010년 3월 26일에 일어난 천안함 폭침 사건이었다. 이명박 대통령은 선거 직전인 5월 24일 용산 전쟁기념관에서 이렇게 대국민 담화를 발표했다.

"천안함은 북한의 기습적인 어뢰 공격으로 침몰 당했습니다. 또 북한이었습니다. 우리 국민이 하루 일을 끝내고 편안하게 휴식하고 있던 바로 그 시간에 한반도의 평화를 두 동강 내버렸습니다. 그동안 우리는 북한의 만행에 대해 참고 또 참아 왔습니다. 그러나 이제는 달라질 것입니다. 북한은 자신의 행위에 상응하는 대가를 치르게 될 것입니다. 저는 북한의 책임을 묻기 위해 단호하게 조처해 나가겠습니다. 남북 간 교역과 교류도 중단할 것입니다. 대한민국은 앞으로 북한의 어떠한 도발도 용납하지 않고, 적극적 억제 원칙을 견지할 것입니다. 앞으로 우리의 영해·영공·영토를 무력 침범한다면 즉각 자위권을 발동할 것입니다."

'전쟁을 무서워하지도 않으며 피하지도 않겠다'는 태도를 보여준 것까지는 괜찮았다. 한데 대통령의 단호한 메시지를 민주당이 역이용하면서 여론이 동요하기 시작한 거였다.

한명숙 서울시장 범야권 후보는 자신의 SNS에 "정부의 대북 강경 조치 선포로 전쟁 위기가 높아졌다. 국민의 정부와 참여정부 10년 동안 이뤘던 남북화해와 협력의 성과가 하루아침에 무너져 내리고 있다. 이명박 대통령은 너무 잘못된 방향으로 너무 멀리까지 가고 있다."고 주장했다.

그리고는 '1번 찍으면 전쟁, 2번 찍으면 평화'라는 흑색선전을 내걸었다. 이에 거의 모든 야권 후보들이 이 주장을 갖다가 쓰기 시작했다.

'1번 찍으면 전쟁, 2번 찍으면 평화. 민주당을 지켜주십시오'

SNS마다 이런 선전이 이어지며 전쟁이 임박했다는 괴담을 퍼뜨리는 방아쇠로 작동했다.

"정말 전쟁이 나는 걸까요? 사진을 찍었는데 영정사진 찍은 게 아닌지?"

복무 중인 병사들마저 이에 동요해 부모와 친구들에게 SNS 메시지를 보냈고 이 내용이 다른 SNS는 물론 미디어에까지 보도되며 공포 분위기가 눈덩이처럼 커졌다.

행정수도 축소안을 발표했을 때에도 민심이 흔들렸는데 전쟁 위기까지 높아졌다 하니 그간 쌓였던 불만이 지방선거 쪽으로 표현될 수밖에 없었다.

이런 분위기 속에 6월 2일 지방선거 투표가 마감됐다.

방송 3사가 공동으로 진행한 출구조사 결과가 발표되었다. 나의 지지율은 선거 당일 12시 6%p 우세였다. 그러나 오후 2시 4%p 우세, 마감시간 6시 -2%p 열세로 나타났다. 그러나 선거 전날 시행된 한국갤럽의 조사는 8.6%p 우세로 나타났다. 저녁 6시 방송에서는 2개의 상반된 내용이 동시에 보도되고 있었다.

출구조사의 예측대로 선거 당일 오후에 전세가 뒤집어졌다. 우리 당은 MB의 세종시 축소 방안과 천안함 폭침에 대한 대국민담화, 이를 역이용한 야당의 흑색선전으로 지방선거에서 패배하고 말았다. 말 그대로 엎친 데 덮친 형국이었다.

　나로선 억울하기 짝이 없었다. 충북지사를 4년간 맡아 많은 일들을 벌여놓았는데, 그걸 매듭지을 수 있도록 4년의 시간이 더 있었으면 좋았을 텐데... 안타까운 결과였다.

# 7

# 대장 잡는 일병

92년 국회의원 선거에 첫 출마한 뒤로 8년 동안(낙선 후 4년+초선 4년) 나의 지역구 진천과 음성을 독학하듯 익히고 다녔다. 신발바닥이 닳을 정도로 다니는 바람에 이동경로를 잡으면 동네에서 만날 사람들 얼굴이 떠오를 만큼 익숙해졌다. '이쯤이면 재선도 치러 볼만하겠다'는 자신감도 붙었다.

그러던 중 2000년 1월 29일 국회에서 선거법 개정안이 통과되었다. 내용은 진천·음성군 지역구와 괴산군을 합친다는 것이었다. '괴산군은 전혀 모르는데…'

선거를 두 달 보름가량 남겨 놓고(4월 13일 16대 국회의원 선거) 이게 웬 날벼락인가 싶었다.

그때의 막막한 기분이란 뭘까, 시험 범위는 넓은데 삼분의 일

정도는 아예 공부를 하지 못한 상태에서 시험을 보는 학생이 된 듯한 심정이었다.

설상가상으로 괴산군에는 나와 같은 자민련 소속의 현역 5선 의원이 버티고 있었다. 충북지사에 내무부 장관을 역임한 김종호 의원으로 정치적 위상으로 보아 초선인 나로서는 버거운 공천 경쟁 상대였다.

하지만 다행히도 공천 후보를 결정하기 위해 당이 실시한 여론조사에서 내가 17~18% 차이로 앞서는 것으로 나왔다.

김 의원을 찾아가 정중하게 제안을 해보았다.

"선배님은 전국구(비례대표)로 옮겨 보시는 게 어떻습니까?"

그가 눈을 지그시 감고 있다가 번쩍 뜨고는 나즈막이 대답했다.

"나는 그런 건 생각해 본 적이 없어."

같잖은 소리 하지 말라는 뜻이었다.

마침 다선과 초선(재선 도전)이 공천 경쟁을 벌이는 곳이 세 군데였다. 김종호 의원과 나 외에도 서산·태안의 한영수(5선) - 변웅전(초선), 보은·옥천·영동의 박준병(3선) - 어준선(초선) 의원 등이었다.

김종호 의원은 여론조사 결과에 불복하여, JP를 몇 번이나 찾아가 "한 번만 더 여론조사"를 요구했다. 마지못해 JP는 한 번 더 여론조사를 지시했다. 2차 조사도 내가 1차와 비슷한 수준으로 앞서는 것으로 나왔다. 결국 JP는 나를 공천하기로 결정했다.

한데 김의원의 고집이 예상치 못했던 나비효과를 불러일으켰으니, 바로 박준병 – 어준선 후보의 경쟁이었다. 첫 조사에서는 어준선 후보가 2%p 가량 앞서는 것으로 나왔으나 2차 조사에서는 박준병 후보가 3%p 이기는 걸로 나왔다. 어준선 후보가 탈락했다. 어준선 후보가 엉뚱하게 유탄을 맞은 것이다.(어 후보는 공천에 불복해 무소속으로 출마했고 박-어 후보 모두 낙선했다.)

공천을 따내고 안도의 한숨을 쉬는데 더욱 강력한 복병이 나타났다. "민주당 후보로 괴산고 출신이 나온다"는 것이었다. (김종호 의원은 청주고 출신이다.) 동문끼리 똘똘 뭉치기로 유명한 괴산고가 나왔다는 것만으로도 부담스러운데 육사 출신에, 그것도 대장까지 올랐던 김진선 후보였다. 하나회의 주축인 인물로 수도방위사령관에 제2야전군사령관을 지냈다.

육사 동문 강창희 의원이 "김진선 장군, 간단한 분이 아니다"며 왕년의 일화까지 들려주는 바람에 부담이 더욱 무거워졌다.

예전에 서울 효창운동장에서 3군 사관학교 축구 대회가 벌어졌는데 육사가 전반전을 1대0으로 리드 당하다가 휴식시간을 맞이했다고 한다.

이때 관중석에서 특전사 모자를 쓴 대위 하나가 뛰어내리더니 선수들을 집합시켜 호되게 기합을 주더라는 것이었다. 참모총장이 빤히 보는 앞에서였다.

그런 전설까지 보유한 사람이 경쟁자라니...

나는 1년간 방위(단기사병)로 복무하고 '일병'으로 제대한 게 전부이니 별을 네 개나 달고 있는 '대장'이 어떤 높이인지 상상조차할 수 없었다. 방위들끼리 모자를 돌리며 "대위 위에 방위"라며 장난을 친 적은 있었지만.


김진선 후보는 나의 공천이 결정된 뒤에 민주당 후보로 출마를 선언했다고 들었다. 하지만 민주당 입당 전에 그는 자민련에 있었던 적이 있었다. 나를 잡으려고 민주당으로 출마한 걸로 볼 수 있었다.

당시에는 각 후보들이 군중 앞에서 30분간 연설을 하는 합동유세가 있었다. 괴산군 유세에서 묵과할 수 없는 일이 벌어졌다. 두 번째 차례로 나선 김진선 후보가 나를 겨냥해 도를 넘을 정도로 비난하는 것이었다.

"아무런 쓰잘데기 없는 정당에서 전혀 필요 없는 인물을 공천해서 우리 괴산군민들을 혼동시키는데 여러분 이런 사람한테 표

주면 안 됩니다."

다음은 내 차례였다. 숨 고를 틈도 없이 올라가서 연설을 해야 하는데 청중들의 표정을 보니까 미리 준비한 원고로는 통하지 않을 것 같았다. 원고를 접어 안주머니에 넣고 즉흥 연설을 시작했다.

"방금 말씀하신 분이 육군대장 출신이라는데, 그런 말씀을 듣고 나니 서글픔이 몰려옵니다. 어떻게 육군대장까지 지내신 분이 남도 아니고 자신이 몸담았던 조직의 등에 칼을 꽂을 수 있단 말입니까. 무법자 천지라는 텍사스의 카우보이도 등 뒤에선 총을 쏘지 않는다는 게 불문율이라고 합니다. 그런데 육군대장까지 하신 분이 등에다 칼을 꽂으니 어찌 이런 분을 우리 대표로 뽑을 수 있겠습니까!"

연설을 마치고 자리에 와서 앉는 순간 그의 혼잣말이 들렸다.

"뭐 이런 X새X가 다 있어!"

나더러 들으라고 하는 말 같았다. 하지만 내색을 하지 않았다. 그의 반응으로 보아 나의 즉흥 연설이 제대로 먹힌 것이니까. 그래도 살짝 겁이 난 건 사실이었다.

선거 당일 출구조사 결과는 내가 이기는 것으로 나왔다. 개표가 시작되자 바로 앞서기 시작해 안심이 되었다. 그런데 9시쯤 괴산군의 투표함이 열리면서 김진선 후보의 표가 쏟아졌다. 출구조사 예상과는 달리 2시간이 넘도록 시소게임이 이어졌다.

집에 모인 형제들과 함께 투표함이 개표될 때마다 메모를 해가며 긴장된 시간을 보냈다.

그러다가 내 쪽으로 기울어 12시가 넘으니 선거관리위원회에서 "당선증을 받으러 오라"는 전화가 걸려왔다.

김진선 후보와의 대결을 치른 뒤 '대장 잡은 일병'(귀신 잡는 해병도 아니고...)이라는 농담도 들은 적이 있다.

나중에 한민구 전 국방부 장관을 만나 식사를 하다가 "두 장군과 싸워서 2승 1패를 거둔 뒤로는 장군을 봐도 겁이 나지는 않는다"고 농담을 한 적이 있다. 첫 도전 때 민태구 예비역 소장을 만나 1패 후 1승을 거둔데 이어 재선에선 김진선 예비역 대장과 겨뤄 1승을 거뒀다는 얘기였다.

한 장관도 "그러시겠네요"라며 껄껄 웃었다. 일병이 대장을(아무리 높아 보이는 상대라도) 이길 수도 있는 게 정치이고, 선거의 세계이기도 하다.

처음 선거에 도전하면서 진천·음성 모두 낯설었다. 더군다나 고향이라는 진천은 음성보다 인구가 3만 명이나 적어 거의 20년 동안 국회의원이 나오지 않는 지역이었다. 그런 환경에서 당선되고 8년간의 지역구 관리를 통해 웬만큼 알게 되니 이번에는 괴산군이 선거구에 추가되는 바람에 '지역구 복이 없는 건가?' 생각도 들었다.

그럼에도 재선으로 승리했으니 이제 나에겐 재선 의원으로서 활발한 의정 활동과 함께 '괴산군을 샅샅이 파악하며 공부하라'는 과제가 새롭게 주어진 것이었다.

# 8

# 주민들의 진심이 담긴 훈장

괴산군은 산세가 수려하고 광활하다. 괴산이 얼마나 넓은지는 "괴산의 청천면 하나가 진천군 전체에서 3평이 빠진다"는 이야기로 짐작할 수 있다.

진천·음성·괴산은 복합 선거구에다 지역구 자체가 넓어 구석구석 찾아다니는 데 힘이 들기도 하지만, 그 대신 인재가 많은 곳이기도 해서 훌륭한 분들과 친분을 나눌 수 있는 좋은 기회가 되었다.

재선 후 50여 명의 증평 지역유지들이 모여 나를 불러 세웠다.

"증평출장소를 군으로 승격해 달라"는 것이었다. 증평은 괴산군 증평읍이었는데 김종호 의원 시절에 '충북도 증평출장소'란 독

특한 형태로 바뀌어 충북도 직속으로 예산도 도에서 편성하고 관할도 도에서 임명한 증평출장소장이 하고 있었다.

그러면서도 한편으로는 지방선거 때마다 증평 주민들은 괴산군수와 2명의 군 의원을 뽑지만 당선된 군수와 군의원은 증평을 관할 못하는 지방자치가 제대로 이뤄지지 않는 사각지대였다.

괴산과 증평의 역사를 알려면 조선시대까지 거슬러 올라가야 한다. 조선 태종 때 괴산군은 충주목에, 증평군은 청주목에 각각 속해 있었다. 한강 수계인 충주목과 금강 수계인 청주목은 역사적 뿌리가 다르다는 것이다.

그러다가 1914년 일제가 괴산군으로 통합하면서 인위적으로 합쳐졌다. 하지만 증평 쪽의 주민들은 "물리적으로 하나가 되었는지는 몰라도, 화학적으로는 결합이 되지 않고 내내 물과 기름처럼 따로였다"고 주장했다.

증평 분리운동은 1963년부터 시작됐다고 한다. 그 해 1월 21일 주민들은 증평지방행정구역변경추진위원회를 꾸리고 증평군 설치 운동을 본격적으로 벌였다. 괴산군 도안면·청안면·사리면, 청원군 북이면, 진천군 초평면, 음성군 원남면의 일부 지역을 합쳐 증평군을 만들겠다는 생각이었다.

군은 계통상 도나 시의 아래, 읍 또는 면의 위에 해당하는데 당시 인구 기준으로 미달인 곳을 하루아침에 군으로 만든다는 게 무리한 결정일 수 있었다. 하지만 전국에 지방자치가 실시되었는데 증평만 사각지대로 방치해 두는 것 또한 옳은 선택은 아니라고 봤다.

나는 그래서 그동안 없었던 일에 도전해보기로 결심했다. '증평군 설치에 관한 법률안'을 대표발의하기로 한 것이다. 그동안 정부 입법으로 군설치가 되어 왔지, 의원 입법으로는 증평군이 헌정사상 첫 시도였다.

2002년 4월 8일 229회 임시국회에 법안 발의하고 1년에 걸쳐 노력한 결과 1년 22일만인 2003년 4월 30일 본회의에 상정됐다.

'부결되면 어떻게 하지?'

하필이면 그 열흘 전에 대형 전광판이 새로 설치된 터라 불안한 느낌이 들기도 했다. 대형 전광판과 함께 전자투표가 도입되어 의원들이 각자 자리에서 '가' 또는 '부'를 누르면 전광판에 지체 없이 집계 결과가 나타나게 된 것이다.

열흘 전까지만 해도 의장이 "이의 없습니까?" 묻고 별 반응이 없으면 통과시켰던 것이 이제는 냉정한 전자 표결에 따라 생사가 갈릴 텐데, 내가 그동안 한 분씩 만나 설득을 했다 한들 '증평의 독립'에 이해관계도 관심도 없는 의원들이 어떤 쪽을 누를지 알수 없는 일이었다.

더욱 곤혹스러운 것은 이날 증평지역 주민 109명이 국회를 찾아와 방청하고 있다는 점이었다. '부결이 되면 이분들을 무슨 낯으로 뵙나?' 당사자인 그들의 실망이 얼마나 클지 짐작할 수 있었다.

반대 의사를 보였던 의원들을 설득하느라 지난 1년간 공을 들였던 만큼, 왜 이런 때 전자투표가 도입되었는지 마음속으로 한탄이 절로 나왔다.

원래 오후 2시에 개의할 예정이었던 본회의가 한나라당 의원총회로 지체되면서 오후 3시 11분에 개의했다.

전자투표에 들어갔고 결과가 곧바로 전광판에 떴다. 재적의원 272명 중 과반수인 재석의원 145명(53.3%)이 찬반 투표한 결과 찬성 76표, 반대 52표, 기권 17표였다. 가결 정족수 73표보다 3표가 더 나왔다.

주민들의 환호성이 멀리서 들려왔다. 나는 안도의 한숨을 길게 내쉬었다.

증평군은 법률 6902호 부칙에 따라 공포일인 5월 29일에서 3개월이 지난 8월 30일 당시 충북에서는 12번째(옛 청원군 포함) 기초지방자치단체로 출범했다. 1963년 군추진위원회가 창립한 지 40년 만에 이룬 꿈이다.

총면적은 81.84㎢로, 경북 울릉군(72.78㎢)에 이어 전국에서 두 번째로 작고, 행정구역은 증평읍과 도안면에 불과하다.

이로써 증평군은 두 가지 타이틀을 동시에 갖게 되었다.

대한민국에서 유일무이하게 주민들이 원해서 주민들 스스로 발로 뛰며 만들어낸 지자체이자, 대한민국 헌정사상 국회의원 입법으로 탄생한 첫 자치단체라는.

초반에는 작은 규모 탓에 "소멸 1순위가 될 것"이라는 우려도 있었다.

하지만 설립 20년이 지난 2023년 현재 증평군은 막내에서 '강소 군'으로 급성장했다. 예산은 10배(279억 원→2741억 원), GRDP는 3배(4279억 원→1조 4142억 원)가 증가하는 등 괄목할 만한 성장을 기록했다. 증평이 계속 출장소였다면 이런 성장은 어려웠을 것이다.

인구가 꾸준히 늘면서 단양, 보은군을 제쳤고 공교롭게 2023년 8월 30일을 기준으로 괴산군까지 넘어섰다. (증평군: 3만 7427명 > 괴산군: 3만 6570명, 행정안전부, 주민등록현황)

나는 충북지사가 되어 다시 증평과 인연을 이어가 이곳에 2개의 산업단지를 닦아 태양광사업체들을 유치하는 노력을 기울였다. '한국을 넘어 아시아의 솔라밸리'로 집중 육성하겠다는 약속이었다.

2009년 신성솔라에너지를 비롯한 관련 업체들이 증평1산업단지에 입주했으며 이때 몰린 투자액이 1조 7000억 원으로 집계됐다. 이로 인해 증평1산단은 에너지단지로 자리매김했고 증평군은 태양광 도시(솔라 시티)로 이름을 알리기 시작했다.

증평이 '인삼의 고장'인 만큼 증평인삼조합 건물도 새로 짓게 하고 53억 원의 예산을 집행해 판매장을 현대화했다. 인삼상인들의 숙원대로 관광버스들이 들어와서 인삼을 사갈 수 있도록. 하루 매상이 2천만 원이 넘는다는 말을 들었다.

이런 여러 가지 인연 덕분에 증평군이 생긴 지 20년이 되는 23년 8월 말에 '증평군민특별대상'을 받았다. 많은 분들이 진심을 담아서 내게 주신 상이었다. 내가 받았던 상 가운데 그 무엇보다 기뻤고 감사했으며 그 여운이 오래 이어졌다.

"애써줘서 고마워유"

©Newsis

증평군 개청 20주년 기념식에서
군민대상 수상(2023년 8월)

# 9

# '툭하면 백수'를
# 변함없이 지켜주는 아내

내가 정치를 하겠다고 했을 때 아내는 결사반대했다. 울고불고 말리다가 며칠은 입을 닫는 침묵시위도 벌였다. 아내를 가장 불안하게 했던 건 내가 '안정된 직장(경제기획원, 지금의 기획재정부)'을 그만둔다는 것이었다. 그러나 아무리 말려도 결심을 굳힌 나를 아내는 결국 울며 겨자 먹는 심정으로 따라주었다.

아내의 불안감은 곧바로 그 '효험'을 입증했다. 1992년 초 국회의원 선거를 두 달여 남은 상태에서 고향인 충북 진천·음성 지역 후보로 출마했다가 낙선했던 것이다. 이로써 아내는 지구당 위원장이라는 명함만 가진 '돈 쓰는 백수'를 남편으로 갖게 되었다.

한번은 저녁 무렵 사무실로 돌아온 아내가 곧바로 화장실로 달려갔다. 나오는 걸 보니 입가에 물기가 남아 있었다.

"왜? 속이 안 좋아?"

아내는 웃으며 고개를 저었다. 그러자 사무국장이 안쓰러운 얼굴로 얘기했다.

"조금 전 잔칫집에 같이 갔다가 돼지 잡는 걸 보셨거든요. 하얗게 질려서 충격을 받으신 것 같아요. 근데 사람들이 그 고기를 기어이 입에 넣어주는 거예요. 그걸 드시고는 속이 안 좋은 모양이네요."

입이 짧고 비위가 약한 아내가 어떤 기분이었을지 짐작이 갔다. 잔칫집에서 돌아오는 아내의 주머니에는 늘 온갖 음식물이 비닐로 담겨 있었다. 내가 술을 몰래 버리듯이 아내 역시 주고 또 주는 음식을 먹지 못하고 적당히 눈치를 보아 주머니 안 비닐에 담는 모양이었다.

돈도 못 벌어다 주는 주제에 아내를 여기저기 보내어 마음고생을 많이 시켰다.


처음 출마를 결심했을 때 아내에게 약속을 했었다.

"이번 딱 한 번만 하고 실패하면 깨끗하게 단념할게."

하지만 정작 실패하고 나니 마음이 바뀌었다. 실패의 원인을 어느 정도 깨닫자 이대로 포기하는 게 억울했다. 그래서 약속을 번

복해야겠다고 아내에게 말해보았다.

"미안하지만 한 번만 더 도전해보고 싶소. 그래도 안 되면 내 능력 부족이라고 결론을 내리고 승복할 테니 다시 한 번만 기회를 주지 않겠소?"

아내는 오래도록 말이 없었다. 무릎 위에 얹은 손을 가만히 만지작거릴 뿐이었다. 한참 후에 아내는 고개를 들었다. 입가엔 잔잔한 미소가 번져 있었다.

"그렇게 하세요. 제대로 해보지도 않고 포기할 수는 없죠. 저도 미안해요. 당신이 정치하는 게 싫어서 그동안 건성으로 따라다녔어요. 앞으로 4년간 최선을 다해서 도울게요."

뜻밖이었다. 울고불고 말리던 처음과는 달라진 아내의 모습이었다. 눈물겨운 격려였다. 아내 역시 실패를 겪고 나니까 단단해진 것일까? 이후 4년이라는 무명의 긴 세월 동안 주저앉고 싶은 좌절의 순간마다 나를 버티게 해준 사람은 바로 아내였다.

국회의원 3선 도전에서 고배를 마셨을 때에는 아내가 담담하게 위로해주었다.

"처음 낙선했을 때보다는 힘들지 않네요. 그래도 최선을 다했으니까 후회되는 게 별로 없잖아요."

내가 정치에 입문하려 했을 때 가장 반대했던 아내였지만, 정치에 몸을 담은 뒤로는 가장 든든한 후원자가 되었다. 실패하는 순간 '돈 쓰는 백수'로 돌변한 나를 곁에서 차분하게 지켜주었다.

지금까지 정치 생활을 하면서 10년을 백수로 지냈다. 첫 도전 실패 후 재도전까지 4년에, 3선 도전 고배 후 도지사 당선까지 2년, 도지사 재선 실패 후 청주 상당구 국회의원 당선까지 2년, 마지막으로 청주 흥덕구 낙선에서 청주 상당구 보궐선거 당선까지 2년.

나의 '2년 중꺾마 징크스'를 보듬어준 아내가 고맙다. 툭하면 백수가 되어 돌아오는 내가 피곤한 몸과 마음을 편히 쉬도록 곁을 내어주고, 그 백수가 외출이라도 하려고 하면 옷과 넥타이를 꺼내어 코디를 해준다.

백수 남편에게 싫은 소리를 하지 않고 꼭 전해야겠다 싶으면 편지를 써서 건네준다. 가끔 나의 태도에 대해 따끔하게 조언하는 내용이 대부분이다. 어떤 땐 칭찬의 편지도 써주어서 의기소침해진 백수 남편을 북돋워주기도 한다.

백수 2년 만에 다시 떨치고 일어나 높게 비상하는 징크스가 편안한 아내를 곁에 두었기에 가능한 게 아닌가 돌이켜 본다.

©충북도청

아내와 함께 육거리시장에서
(2007년)

"애써줘서 고마워유"

행사장에 참여한 아내 모습
(2008년)

# 나를 단련시킨
# 성공과 실패에
# 보내는 감사

# 1

## 악몽에서 태어난
## 나의 첫 번째 좌우명

　서울대학교 법대 입학시험(본고사)을 치르는 날이었다. 영어 시험은 전부 풀 수 있는 문제들이었다. 답안지를 제출하고 기분 좋게 교실 밖으로 나왔는데 아차! 싶었다. 시험지엔 정답에다가 동그라미를 쳐놓고 답지에는 잘 못 옮긴 것이다. 하지만 그걸로 끝이 아니었다.

　다음 수학 시험에선 정신을 바짝 차리고 문제를 풀었다. 수학은 네 문제가 출제됐는데 하나에 25점씩이니 한 문제라도 비중이 클 수밖에 없었다. 어렵지 않게 전부 풀었다. 그러나 답지를 내고 나오는 순간 또 아뿔싸 싶었다.

　싸인(sin)문제의 정답을 'X=60도'로 풀어 놓고는 답안지에 '값을 ½'이라 써서 제출한 거였다. 정답은 $\frac{\sqrt{3}}{2}$인데... 귀신에라도 홀린 것 같았다. 찜찜한 기분으로 시험을 마쳤으니 결과는 '역시나'였다. 서울 법대에 재도전해서 또 떨어진 것이다.

집이나 학교에서 나의 성적에 대해 걱정해본 적이 없던 터였다. 그 당시 경기고에서는 반에서 15등 내외까지 서울법대와 상대에 갔다. 나는 3~4등 했으니 담임선생님도 내가 떨어질 거라곤 상상도 못했다고 하셨다. 그래서인지 재수 3~4개월은 공부를 열심히 안해도 학원의 모의고사에선 매번 1등이었다.

이상하게도 나는 '입시 운'이 없었다. 평소에는 성적이 좋다가도 입학 시험만 보면 아는 문제도 틀리곤 했다. 그 이유를 두 번의 입시에 실패한 뒤에야 깨달았다.

재수 끝에 치른 본고사에서도 일주일 전부터 "다 아는 것들"이라며 지루한 시간을 보냈던 기억이 난다. 어머니가 "마지막까지 최선을 다해야 한다"고 하셨지만 나의 자만으로 어머니의 말씀을 귓등으로 듣게 된 것이었다. 성경에도 '교만은 패망의 선봉이요, 거만한 마음은 넘어짐의 앞잡이라'라고 하지 않았던가.

두 번의 대학 입시 실패는 많은 걸 느끼게 했다. 끝까지 최선을 다하지 않은 나 자신의 모습을 되돌아보면서 '진인사대천명(盡人事待天命)'이라는 좌우명을 갖게 되었다. 잇따른 실패가 모든 일에

166

항상 최선을 다한다는 새로운 모습으로 거듭 태어날 수 있는 계기가 된 것이다.

　재수에 실패했으니 삼수를 해야 하나, 후기 대학에 가야 하나를 두고 고민한 끝에 결국 성균관대학교 법학과에 응시했다. 대학 입시에 1년을 더 투자하느니, 더 큰 목표를 위해 매진하는 게 나을 것 같았다.

　모교인 성균관대학교 법학과는 내게 우수한 친구들과 좋은 은사님을 만나게 해준 곳이다. 나는 그곳에서 받은 교육 덕택에 고시에 합격할 수 있었고 지금까지 부끄럽지 않은 인생을 살아가고 있다. 하지만 막상 대학에 입학한 후에는 이곳이 과연 내가 원하던 곳이었나 하는 자의식에 휘청거렸다. 가끔 대입 본고사 또는 고3 수학 문제를 푸는 꿈을 꾸다가 잠에서 깨면 '아, 내가 대학교 2학년이지'하며 현실로 돌아오곤 했다.

　내 인생 초반에서 가장 큰 목표와 도전이 좌절된 데 대한 낭패감에서 벗어나 지금의 내 자리를 정립하기까지 많은 시간이 걸렸다. 하지만 그 과정에서 자신을 돌아보며 얻은 것도 많았다. 실패는 하지 않으면 좋지만 인생이라는 게 한두 번의 실패로 끝나는 것도 아니라는 것을 알게 되었다.

　당시 나는 뭔가를 크게 잘못 생각하고 있었다. 중요한 것은 나

자신이다. 조직이 나를 만드는 측면도 있을 테지만, 다른 한편으론 내가 조직을 선택하고 만들어 가기도 하는 것이다.

하지만 대학 2학년 때의 나에겐 그런 깨달음이 없었다. 어디서든 성실하게 최선을 다해야 하며 그런 삶이야말로 자랑스러운 태도라는 점을 나중에 차차 알게 되었다.

사회생활을 해보니 학벌도 중요하지만 역시 능력이었다. 중요한 것은 누가 대학 생활을 알차게 보내면서 미래를 성실하게 준비하느냐, 자신의 비전을 펼칠 수 있는 길을 얼마나 창의력 있게 모색하느냐에 달려있다.

## 盡人事待天命

대학 입시 두 번 낙방의 시련을 겪은 후
가슴에 새긴 인생 좌우명

# 2

# '집밥 고시공부'와
# '정치 귀동냥'의 앙상블

1977년 행정고시 2차시험 3일차, 마지막 날이었다.

법학을 전공한 나한테는 행정고시 네 개의 필수과목 가운데 경제학과 재정학이 어려워서 부담스럽기는 했다. 그러나 두 과목 모두 시험을 만족스럽게 잘 봤다. 느낌이 좋았다. '오늘 선택 두 과목만 잘 보면 첫 도전에서 합격하겠구나.'

고사장은 서대문의 경기대 캠퍼스였다. 신당동 우리 집에서 청계고가도로를 타고 광화문 부근을 지나 아현동 방향으로 가다 보면 바로 그 부근이었다.

한데 청계고가 근처에 이르자 꽉 막혀 있는 자동차 행렬이 눈에 들어왔다. 고가도로가 차단되는 바람에 아래 도로로 차가 몰리며 교통체증이 빚어진 거였다.

169

지난 이틀은 시원하게 뚫린 고가를 달려 일찍 도착했고 시험 역시 기분 좋게 봤는데. 왜 하필이면 마지막 날에 멀쩡한 길을 막아버린 것인지 알 수 없었다. 시간 여유는 있었지만 조바심에 기분이 가라앉았다. 불길한 느낌이 마음속으로 기어 올라왔다.

하지만 이제 남은 건 선택 두 과목. 나는 회계학과 노동법을 골랐는데 둘 다 자신이 있었다. 넉넉하게 도착해 시험을 치를 준비를 마쳤다.

노동법 시험. 감독관이 칠판의 가림막을 떼어 내고 둘둘 말린 두루마리의 매듭을 풀자 종이가 펼쳐지며 시험문제가 나타났다. 'OOOO에 대해 논하시오'

눈앞이 아찔한 가운데 나의 시간이 멈췄다. 처음 들어보는 내용이었다. 꿈인지 현실인지 도무지 믿을 수 없는 일. 하지만 현실이었다.


대학에 입학하고 나서 친구들과 어울려 다니며 1, 2학년 시절을 보냈다. 그때는 중학교부터 입시였으니 중학교, 고등학교, 대학교로 이어진 입시 스트레스를 분출할 기회를 얻은 것 같았다.

그러나 시간만큼 빨리 가는 게 없으니 벌써 3학년이었다. 동기생들은 하나, 둘 군대로 떠나고 남은 친구들은 고시 준비에 매달리기 시작했다. 어울려 술 마시던 친구들도 군대로, 도서관으로

뿔뿔이 흩어졌다.

불안해졌다. 지난 3년간 무엇을 한 것인가? 3년이라는 소중한 시간은 아무런 점 하나 찍히지 않은 채 여백으로 남아 있었다. 정신이 아찔했다. 이런 식으로 가다간? 굳이 상상할 필요도 없었다.

나는 비로소 장래에 대해 구체적으로 생각하기 시작했다. 도전해서 성취해야 했다. 나 스스로 뭔가를 해봐야겠다는 진지한 의욕이 생긴 것이다. 결론은 고시였다.

어떻게 보면 법대에 지원할 때부터 나의 잠재의식에는 밑그림이 이미 그려져 있었던 것 같다. 아버지처럼 관료로 시작해서 장관도 되고 정치도 하겠다는 어렴풋한 청사진이랄까. 당시의 선택은 행정공무원이 되느냐, 판검사가 되느냐에 따라 색을 입혀 나가는 것이었다.

행정고시를 택했다. 처음 법대에 다닐 때만 해도 형법에 매력을 느꼈고 사법고시를 본다면 성격상 검사가 맞을 것 같았다. 그런데 검사가 되어서 매일 범죄자들을 보면서 지내는 것보다는 정책개발과 국리민복(國利民福)을 위해 내 능력을 발휘할 수 있는 공직이 더 소망스럽다는 생각을 하게 되었다.

게다가 당시는 박정희 대통령이 강력한 드라이브를 걸어 고성장 경제정책을 펴는 중이었으니 그런 역동성이 매력적으로 느껴지기도 했다.

3학년 여름, 공부를 시작했는데 이미 시험은 코앞에 닥쳐 있었다. 처음엔 서울법대 다니는 친구와 함께 사찰에 들어가서 공부를 하기로 했다. 그 시절에는 '고시공부' 하면 '절간 공부'가 정석처럼 통했다.

하지만 나만 그다음 날 바로 하산하고 말았다. 절밥이 도대체 입에 안 맞는 거였다. (지금은 아주 좋아하고 잘 먹는다).

집 밥을 먹어야 하는 나는 어쩔 수 없이 집에서 혼자 고시 준비에 돌입했다. 내가 행시 공부를 한다는 사실은 누구에게도 알리지 않았다.

걱정이 되기는 했다. 남들은 '절간 공부'는 아니더라도 그에 준하는 곳에서 '고시원 공부'를 한다는데, 나는 사람들이 늘상 들락거리는 산만한 집에서 '집 공부'를 해야 하니 이게 잘 될까 의구심이 들기도 했다.

하지만 입시 때의 좌절을 딛고 돌아온 나는 생각했던 것보다도 훨씬 강했다. 3년을 허송세월로 보냈다는 후회가 강해서 그랬는지 단 몇 개월 만에 잃어버린 그 시간들을 몽땅 되찾기라도 하듯 열심히 공부에 매달렸다. 친구들도 만나지 않았고 술도 마시지 않았다.

그래도 훼방꾼은 있었으니 아버지의 손님들이었다. 물론 그분들이 나를 찾아와 시간을 뺏은 것은 아니다. 그저 내가 집에 붙어 있으려니 누가 찾아오는지 저절로 알게 되었고, 손님 대부분이 신문에 이름이 오르내리는 유명 정치인들이라 나도 모르게 관심이 가게 됐던 것이다.

내 방은 2층에 있었고 응접실과 안방은 아래층에 있었다. 나로서는 감히 접근할 수 없는 성벽 너머에서 무슨 일들이 벌어지고 있는지 그렇게 궁금할 수가 없었다.

한참 공부를 하다가도 초인종 소리가 울리고 손님의 기척이 나면 아래층의 동정이 궁금해서 견딜 수가 없었다. 누가 오셨을까, 무슨 이야기를 나누고 계실까, 아래층으로 쏠리는 호기심을 억누르고 책에 집중하려 해도 뜻대로 되지 않았고 결국은 아래층으로 내려가 안방으로 들어갔다.

안방에서는 방바닥에 엎드려 문짝 하나를 사이에 두고 응접실에서 오가는 대화를 엿들을 수 있었다. 대통령은 물론 야당 총재를 비롯한 쟁쟁한 국회의원들이며 각 부처 장관에 이르기까지 다양한 이름이 등장하고 시국에 대한 의미심장한 이야기가 펼쳐지곤 했다. 나는 내가 알고 있는 그들의 면면을 떠올리며 나름대로 한국 정치의 지형도를 마음속으로 그려나갔다.

나는 당시 아버지의 국회 수첩에 인쇄되어 있는 9대와 10대 국회의원들의 간단한 이력사항을 거의 암기하고 있었다. 정치세계에 대한 호기심이 컸고 한참 기억력이 좋은 때여서 그랬을 것이다. 문밖에서 흘러들어 오는 말들이 너무나 흥미진진해서 한번 귀를 기울이면 더 알고 싶어졌고 그러다 보니 귀를 뗄 수가 없었던 것이다.

엿듣은 정치의 세계가 고시공부에 방해만 된 것은 아니었다. 오히려 단조로운 공부에서 잠시 벗어나 머리도 식히면서 기분을 전환할 수 있는 오락과도 같았다.

'내가 술 마시고 놀러 다니던 때에도 세상은 저렇게 흘러가고 있었겠지...'

생각이 거기까지 이르면 어영부영 흘려보냈던 과거의 시간들에 대한 안타까움과 후회가 공부에 집중할 수 있는 힘으로 변환되었다. 이제부터라도 열심히 한다면 나도 언젠가는 우리나라를 이끌어가는 저런 세계에 이를 수 있을 것이라는 생각에 가슴이 부풀었다.

그러나 그때부터 일찌감치 정치에 뜻을 두어 귀동냥하며 그 세계를 기웃거렸던 것은 아니었다. 당시는 단순한 호기심이었을 뿐, 내가 정치를 하기로 결심한 것은 15년도 더 지난 후의 일이다. 그 무렵의 나는 어서 행정고시에 합격하기를 꿈꾸는 정도였다.

정치인이 되어 30여 년이 흐르고 생각하니, 당시 나의 행동이 앞으로 펼쳐질 나날들에 대한 운명의 암시가 아니었나 느껴지기도 한다. 그때 내 귀에 들린 얘기들은 비단 정가의 동향에 그친 것이 아니다. 그 대화를 들으면서 나는 어린 나이부터 정치란 무엇이며 정치인의 자질은 어떠해야 하는 것인가에 대해 나름 이런저런 생각을 하게 되었다. 지금도 나는 정치의 본질과 정치인의 책무에 대해 고민하게 될 때마다 20대로 돌아가 문밖에서 들려오던 아버지와 당대 정치인들의 대화를 회상하곤 한다.

1년간 공부해서 치른 나의 행정고시 첫 도전은 불합격으로 막을 내렸다.

노동법 시험을 망치고 나온 뒤에야 청계고가도로가 왜 봉쇄되었는지 알게 되었다. 청계천3가 부근 센츄리호텔에 무장 괴한이 침입해 인질극을 벌이는 통에 고가도로를 막아 구출 작전이 벌어지고 있었던 거였다.

재수가 없으려니 그런 사건까지 벌어졌다고 생각했지만, 첫 도전 실패의 원인을 이내 알게 되었고 스스로를 돌아볼 수 있었다.

절밥이 입에 맞지 않는다고 집에서 혼자 공부했던 게 나의 약점이 되었다. 내가 공부했던 노동법 교재 외에도 최근 노동법을 공부하고 온 교수의 신간이 출간되어 있었는데, 나로선 정보가 없

으니 노동법 교재가 그 책 하나만 있는 줄 알고 그 책에만 의존한
게 문제였다.

다른 고시생들은 속세를 떠난 절에서도 최신 정보를 교류하는
데 나는 서울 시내에서 공부하면서도 정보와 소통의 채널을 확보
하지 못했으니 남 탓을 할 구실이 없었다.

대학을 졸업하고 1년간의 군 복무(단기사병)를 하게 되었다. 그
와중에도 공부를 게을리하지 않아 제대한 지 6개월 만에 1차, 2차
시험에 모두 합격했다. 몇 년의 세월을 허송한 끝에 처음으로 이
룬 일이라 기쁨은 이루 말할 수가 없었다. 실로 오랜만에 자부심
도 느꼈다. 무엇이든 해볼 수 있겠다는 희망도 솟았다.

# 3

# '40대 장관'
# 데칼코마니 부자

7남매 중에서도 나만 유별나게 아버지께서 걸었던 길을 따라서 걷고 있다.

아버지가 고등문관시험에 합격해 공직 생활을 시작하셨던 것처럼 나도 행정고시를 보고 공무원이 되어 사회에 첫 발을 내디뎠다. 그 다음 수순인 국회의원 출마와 당선까지도 그대로 이어갔다.

재선의원으로 활동하던 2001년 3월 하순, 나는 예결위 소위원들과 해외 출장 일정을 마치고 LA의 한 호텔에 머물고 있었다. 다음날 아침 10시 비행기로 한국에 들어올 예정이었다.

그런데 새벽 4시 반쯤 느닷없는 전화벨 소리가 나를 흔들어 깨웠다.

청와대의 한광옥 비서실장이었다. 스케줄에 시차에 지칠 대로 지쳤던 터라 비몽사몽간에 간신히 전화를 받았다.

"이 시간에 무슨 일이십니까?"
"해양수산부 장관이 되었으니 통보하는 걸세."
순간적으로 이해가 안 됐다. 내가 바다와 무슨 관계가 있다고… 바다가 없는 충북 지역구 의원인데…
엉뚱한 대답을 하고 말았다.
"근데 하필이면 왜 해양수산부 장관입니까?"
돌아온 대답에 할 말을 잃었다.
"정 의원이라면 아무 부처나 맡겨도 잘할 텐데, 뭐."

전화를 끊자 잠이 싹 달아났다. 아침을 뜬 눈으로 맞이했다.
출장에 동행한 김덕규, 정철기 의원과 아침식사를 하면서 "새벽에 이런 일이 있었다"고 나의 장관 임명 소식을 전해주었다. 농수산위원회 소속이던 정 의원이 비행기 안에서 내내 조언을 해주었다.

다른 신임 장관들보다는 하루 뒤인 2001년 3월 26일에 장관 임명장을 받았다.

임명장을 받으러 갔을 때 김대중 대통령으로부터 장관 낙점의 이유를 직접 들을 수 있었다.

"지난해 3당 정책위 의장이 토론하는 방송을 끝까지 다 봤어요. 정 장관이 아주 잘 했어요. 그래서 언젠가는 꼭 한번 같이 일하고 싶었어요."

2000년 총선 직전 심야 토론 방송에서 나를 보았다는 것이었다. 16대 총선 3당 정책위의장의 심야토론에 출연시키기 위해 JP는 나를 출연 3일 전 정책위의장에 임명하였다. 민주당에선 김원길 의원(전 보건복지부장관), 한나라당에선 이한구 박사(전 대우경제연구소장)가 출연했다.

진행을 맡은 방송사 박찬숙 앵커는 나를 소개할 때 'IMF 청문회 스타 정우택 의원'이라고 불러주었다. DJ는 물론 이희호 여사도 함께 TV 토론 프로그램을 시청하며 나에게 깊은 인상을 받았다고 한다.

많은 언론에서는 김학원 의원(전 원내총무), 이완구 의원(전 총리), 이양희 의원 등의 입각을 점치고 있었는데 '토론을 잘해도 입각을 할 수도 있구나' 하는 생각도 들었다.

그러고 보니, 미국에 부시 행정부가 들어서고 나서 3월 초에 김대중 대통령이 미국을 국빈 방문했다. 그때 나는 특별 수행원 자격으로 수행하게 되었다. 일부 언론에서 이런 분위기를 반영해

'정우택 의원이 입각할 것'이라고 점치기도 했다. 정치 뉴스는 루머 수준에 그치는 경우도 있으니까 나로선 염두에 두지 않았었다.

막상 장관 임명장을 받고 보니 여러 가지 생각이 뇌리를 스쳤다.

48세에 장관이 되었으니 아버지를 이어 우리나라 헌정 사상 처음으로 부자(父子)가 둘 다 40대 장관이 된 영광을 얻은 것이었다.

아버지는 자유당 시절 1955년에 42세의 나이에 농림부 장관이 되셨다. 자유당 시절 최장수 농림부 장관을 지내셨다. 아버지는 그 이후, 정계에 입문하여 농림 정책에 관한 한 누구보다도 날카로운 질의로 활발한 의정활동을 하셨다. 그날 질의의 방향이 아버지의 질의를 들은 후에 잡힐 정도였다고 한다. 국회에서도 농림 분야에 관해서라면 독보적인 존재였던 셈이다.

묘하게도 내가 장관을 맡게 된 해양수산 역시 예전에는 농림부 소관의 한 분야였다. 1996년, 해양수산 업무의 중요성이 높아지자 김영삼 정부가 이를 떼어내 해양수산부를 발족시켰던 것이다. 결국 나는 선친이 맡았던 분야를 이어받게 된 것이다. 묘한 인연이었다.

앞에서 언급한 것처럼 아버지는 우리 자식들 중 어느 누구에게도 정치인이 되라는 말씀을 하신 적은 없었다. 그럼에도 다른 형제들에 비해 정치에 유독 관심이 많았던 나에게는 기대감을 갖고 계셨다는 기억이 있다. 하지만 안타깝게도 아버지는 국회의원은 물론 당신에 이어 40대 장관 되는 내 모습을 보지 못하고 돌아가셨다.

아버지의 행로를 이어가는 '중진 정치인의 2세'라는 점 덕분에 내가 많은 도움을 알게 모르게 받았다는 사실을 부인하지 않는다.

도와주신 분들의 마음에는 분명, 나로 하여금 아버지 시대의 한계를 창조적으로 극복해 새로운 시대의 정치적 지향점을 모색하라는 기대가 있었을 것이다. 그에 대한 고민과 실천이 지금까지 이어지고 있다. 보다 살기 좋은 세상을 만들기 위해.

©e영상역사관

김대중 대통령으로부터 임명장 수여(2001년 3월)

해양수산부 장관 임명 후 김대중 대통령 부부와 함께(2001년 3월)

42세에 농림부 장관에 취임한 부친(1955년)

48세에 해양수산부 장관에 취임(2001년)

# 4

# "네 이름 석 자를 소중히 여겨라"

행정고시 2차 합격 발표가 있던 날 아버지께 기쁜 소식을 알렸다. 덧붙여 공직자로서의 길을 걷겠다는 결심을 밝힌 것이다.

아버지는 입가에 한껏 웃음을 머금은 채 축하해주셨다. 고등학교를 졸업한 이래 처음으로 아버지에게 안겨드린 기쁜 선물이었다.

"잘했다. 축하한다."

셋째 형도 이미 3년 전 행시에 합격해서 경제기획원 사무관으로 근무하고 있었다. "형과 같이 공무원이 되겠다니 아버지는 우선 기쁘다. 세상에 쉬운 일이 어디 있겠느냐만 공직생활도 쉬운일이 아니다. 너희들이 왜 공무원이 되려고 했는지는 묻지 않겠다. 세상으로 나가서 자신의 뜻을 펼치는 길이라고 생각했을 것이고 소중한 결정이라고 믿는다. 부모가 시키지도 않았는데 너희들 스스로 노력해서 어려운 시험을 통과한 것이 자랑스럽다. 시험을 준비하는 동안 자신의 인생에 대해서 진지하게 고민했을 것이고 아버지는 그것이 고맙다."

나는 묵묵히 아버지의 말씀을 들었다. 아버지께 효도했다는 기쁨으로 가슴이 벅차 있었다. 아버지는 담담하게 말씀하셨다.

"다만 너희들이 택한 그 길은 국민을 위해 일하는 자리다. 그러니 이것만은 알아두어야 한다. 공직생활로 돈을 벌겠다는 생각을 해서는 안 된다. 그것은 나라를 망치는 일이기 이전에 너희들 자신을 망치는 일이다. 돈을 벌려면 장사를 해야 한다. 장사하는 사람이 돈을 많이 벌었다면 그것은 능력이 뛰어나서이지만, 공무원의 신분으로 돈을 많이 벌었다면 그것은 부정을 뜻한다. 공무원은 돈을 많이 벌 수도 없는 직업이지만 돈을 많이 벌어서도 안 되는 직업이다. 공직이라는 명예를 소중히 생각하지 않는 공무원이란 그것 자체로 이미 부정한 공무원이다."

아버지의 말씀을 들으면서 들떠 있던 나의 기분은 차분히 가라앉고 있었다. 그러면서 부끄럽다는 생각이 들었다. 내가 고시를 본 것은 단지 새로 뭔가를 시작해보고 싶었을 뿐이었다. 솔직히 내가 왜 공무원이 되려고 했는지 진지하게 생각해보진 않았다.

왜 고시를 선택한 것인가? 출세를 위해서, 법대생이니까 당연한 코스로서? 아버지나 형의 인생에 뒤지고 싶지 않아서? 아마도 그런 이유들 때문이었을 것이다.

분명 어떤 소신이나 포부가 있어서는 아니었다. 그제야 나는 공직이라는 자리가 단순히 개인의 성취 욕구를 만족시키는 수단도, 개인의 영달을 위한 자리도 아닌 명예와 책임이 따르는 자리라는 것을 알게 되었다.

"네 이름 석 자가 중요하니, 네 이름 석 자에 오점을 남기지 말라"는 아버지 말씀은 공무원 월급이 워낙 박했던 시절, 이익집단과 결탁한 비리가 이따금 일어나던 과거 시대상의 반영이자 공직에 막 들어선 두 아들에 대한 진심 어린 염려와 당부이기도 했다.

그 이후로 내가 선택한 길에 대해 거듭거듭 생각했다. 관료의 길을 걷기로 한 이상 최소한 부정한 공직자는 되지 않겠다는, 인생에 오점을 남기지 않겠다는 각오도 다졌다.

아버지는 1913년 충청북도 진천에서 태어나셨다. 가사문학의 대가인 송강 정철의 12대 손인 아버지는 가난한 선비 집안에서 태어나 자신의 능력으로 생을 헤쳐 나가신 분이다.

경기고의 전신인 경성제일고보와 서울대의 전신인 경성제대 법과를 졸업하고 고등문관 시험에 합격하셨다. 초대 총무처 인사

국장과 총무처장, 내무부 차관, 농림부 장관을 지내셨다. 관직에서 물러난 뒤에는 정계로 진출하여 4대, 7대, 8대, 9대, 10대에 걸쳐 5선 의원을 하셨다. 4대의 자유당 때를 제외하곤 야당 의원으로 일관하셨다.

아버지가 야당의 길을 걷게 된 연유는 정치인의 길을 묻는 나에게 흔들리지 않는 이정표가 되었다. 아버지는 자유당 정무위원회 집행위원, 선전위원장이었다. 1960년 3.15 부정선거가 일어났을 때 이재학 국회부의장 등과 온건파를 이끌면서 이기붕 국회의장의 관저로 찾아가 "사퇴하고 선거를 다시 치러야 한다"고 부정선거를 규탄하셨다.

이후 5.16세력의 공화당 창당 직전, 정구영(나중에 당대표), 길재호(혁명주체), 정태성 의원 등이 집으로 찾아와 아버지에게 초대 사무총장직을 제안했다. 이때 대쪽 같은 성정의 아버지는 "쿠데타 세력과는 정당을 함께 못한다"고 거부하셨다. 아버지는 5.16을 쿠데타로 보신 것이다. 이후 야당의 가시밭길을 스스로 선택하셨다. 송강 정철 할아버지의 올곧은 피의 성정이 이어져 내려온 것이 아닌가 싶다.

**부친 정운갑(1913~1985)**
경성제대 법학부 졸업, 고등문관에 합격, 대한민국 정부수립 후 초대 총무처 인사국장,
총무처장, 내무부차관, 농림부 장관 역임. 이어 정계 진출 5선 국회의원 역임

농림부 장관 시절, 이승만 대통령과 국립제주목장 시찰.
(왼쪽부터)이남신 축산국장, 부친, 이승만 대통령(중앙), 곽경호 실장, 백선엽 대장

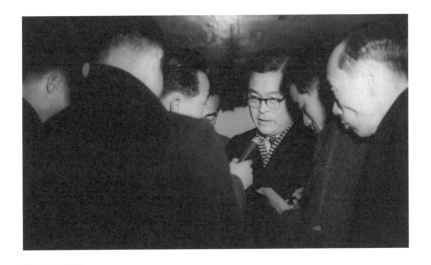

자유당 선전위원장 시절, 기자 인터뷰 장면(중앙)

# 5

# 장관님의 비밀 가방에는

"저 가방 속에는 뭐가 있기에 장관님이 신줏단지처럼 갖고 다니시는 건가요?"

"기밀 정보 아닐까요. 이를테면 대통령의 특명 같은?"

내가 취임한 뒤 해양수산부 직원들 사이에 농담처럼 떠돌던 이야기라고 한다.

열흘 가량의 해외출장에서 돌아와 다른 장관들보다 하루 늦게 임명장을 받았다. 바로 그날 오후부터 업무보고를 받기 시작했다. 매일 밤늦게까지 4~5일에 걸쳐 보고를 받는데 시차를 극복할 틈도 없었다. 그러다 보니 나도 모르는 사이 고개가 툭 떨어질 때가 있었다.

"아이구. 미안합니다."

설명하는 국장들에게 사과를 해가며 보고를 마쳤다. 하지만 해양수산 업무에 문외한인 내가 비몽사몽 들은 내용을 머릿속에 입력하는데 성공했을 리가 없었다. 문외한이므로 더욱 빨리 이해하고 터득해야겠다는 결심을 했다.

그래서 손에 든 것이 007 가방이었다. 자료를 갖고 다니면서 집이든 사무실이든 차 안이든 짬이 날 때마다 읽고 외우면서 보고 또 봤다. 특히 숫자와 통계, 그 추이를 유심히 살펴봤다. 2주가 걸렸다.

공부한 실력이 국회에서 제대로 발휘되었다.

"장관, 작년에 중국에서 수입된 활어의 양이 정확히 얼마나 되는지 알고 있습니까?"

질의하는 의원의 입가에 회심(?)의 미소가 어렸다. 장관인 나에게 문답 테스트를 하겠다는 의도여서 '요건 모르겠지?'하는 표정이 역력했다. 송곳 질의를 하던 '청문회 스타'가 입장이 바뀌어 장관이 되었으므로, '수비는 얼마나 잘하는지 어디 한번 보자'는 심사이기도 했다.

하지만 나는 거침없이 대답했다.

"작년에 중국에서 OOO톤 가량 수입됐고, 금액 OOO입니다. 전체 활어 수입의 80% 정도 됩니다."

의원의 얼굴에 놀란 기색이 역력했다. 해당 의원뿐이 아니었다. 현장에 배석한 우리 해양수산부 간부들도 놀란 표정이었다. 담당

국장도 찾아보고 확인해야 하는 수치들을 장관이 술술 읊으니 그럴 만도 했을 것이다.

분위기가 180도 바뀐 게 피부로 느껴졌다. 한나라당 소속의 허태열, 주진우, 이상배 의원 등이 "정 장관의 신고식은 호되게 치르게 하겠다"고 벼르더니 끝나고 나서는 "국회 와서 프레젠테이션하는 장관은 처음 봤다"면서 격려해주고 갔다.

통계 수치는 그 자체를 암기하는 데 의미가 있는 건 아니다. 그보다는 수치를 제시하는 것이 논지를 전개함에 있어 편리하다는 쪽이 진실에 가깝다. 또 하나는 명확한 근거를 밝힘으로써 상대로 하여금 신뢰성을 갖게 할 수 있다는 점에서도 유용하다.

언론도 나의 해양수산부 장관 취임 후 업무 추진력에 상당히 호의적이었다. 어느 언론에서는 취임 100일 평가에서 'A+학점'이라 평가를 하고 또 다른 언론에서는 '업무 파악이 빠르고 합리적'이라는 제목의 기사를 싣기도 하였다.

당시에는 의원 한 사람당 15분씩 질의를 받고 정회를 한 후에 정부 측에서 자료를 모아 일괄 답변하는 방식이었다. 그 잠깐 사이에 관계 부처 공무원들은 '초치기'를 해야 했다. 답변서를 만들고 취합해 장관에게 전하기 위해 국회 복도에 쭈그려 앉거나 엎드려 쓰는 모습이 안쓰러울 정도였다.

내가 경제기획원에 있을 때 국회 담당을 하면서 경험해봤으니 질의 내용 정리나 답변 요령에 숙달되어 있었다. 그래서 해양수산부 직원들에게 "답변 쓰지 말라"고 했다. 내가 의원들의 질의에 알아서 대답을 할 테니, 혹시 내가 헷갈리는 통계나 업데이트 내용만 확인해달라고 했다.

해양수산부의 풍경이 달라졌다. 담당자들은 의원들 질의에 대한 답변을, 중복되는 내용까지 하나하나 쓰느라 시간 낭비를 해야 할 이유가 없어졌다. 장관이 확인하는 숫자나 통계 정도만 메모로 전해주면 끝이니, '초치기'하던 때와 비교가 안될 정도로 편해진 거였다.

"예상치 못했던 질의에 쩔쩔매기는커녕 당당하게 즉답하는 장관을 보면서 자긍심이 높아졌다"는 직원들의 반응도 있었다. 내가 현직 국회의원 장관이므로 의원들과 소통이 잘 이뤄지는 점 또한 국회와 해양수산부의 관계를 원만히 끌어가는 데 도움이 되기도 했다. 직원들의 사기가 높아졌다.

내가 행시 출신으로 행정부의 실무자부터 해봤기에 해양수산부 직원들의 마음을 짐작할 수 있었다. 불필요하거나 힘든 일부터 줄여 조금이라도 편하게 해주는 게 그들의 마음을 얻는 출발점이었다.

내가 업무를 조금 더 챙기고 신경을 쓰면 매우 많은 직원들이 그 혜택을 누리는 동시에 절약한 시간과 노력을 또 다른 정책 개발에 쓸 수 있으니 우리 부처의 역량을 더 크게 만드는 투자이기도 했다.

## 정우택장관 취임 1백일

# "업무 파악 빠르고 합리적" 평가 긍

鄭宇澤해양수산부장관은 취임후 당초 우려와는 달리 "괜찮다"는 평가를 받고 있다. 사진은 인천초도순시 장면.

지난달 27일 국회농림해양수산위원회의장. 이날 상임위는 해양수산부 소관 업무보고를 받는 날이었다. 하지만 이날 상임어 가려 했으면 야당의원들의 집중포화가 시작됐겠지만 핵심을 정확히 짚어 얘기함으로써 입담이 센 한나라당 의원들도

이 했는데 우려가 기우였다"며 "업무 파악능력, 판단력이 뛰어나다"고 그를 평가했다. 그는 또 "정치력과 행정력을 구비해 직원들이 내·외적으로 일을 처리하는데 상당한 도움이 되고 있다"고 설명했다.

업계에서도 "괜찮다"는데 시각을 같이 한다. 정장관을 만난 적이 있는 수산업계 인사들은 "판단력도 빠르고 합리적인 것 같다"며 "상당히 인간적인 것 같다"는 말로 그의 첫 인상을 설명했다.

행시 22회 출신으로 경제기획원에서 공무원 생활을 한 탓인지 정치인으로서는 드물게 행정력이 뛰어나다는 평가를 받고 있는 정장관은 과정이야 어떻든 취임 후 한·중어업협정을 발효

## 정치력 · 행정력 구비 … 인간관계도 좋아

위는 북한 상선이 우리 NLL(북방한계선)을 침범한 사건을 두고 야당인 한나라당이 벼르고 있어 야당의 움직임이 예사로워 보이지 않았다.

회의가 시작되자마자 한나라당 간사인 박재욱의원이 의사진행발언을 통해 이 문제를 제기했고 뒤이어 김기춘의원이 정우택장관에게 남북해운합의서 초안을 보여 줄 것을 요구했다. 그러자 답변에 나선 정장관은 조금도 당황하지 않고 "초안은 만든 게 있다. 공개할 수는 없고 간사들 합의가 있다면 열람은 할 수 있도록 하겠다"고 정석으로 이를 받아쳤다. 어물쩍 넘

더 이상 질의를 계속하지 못했다. 잠시 긴장감이 감돌던 회의장은 평상을 되 찾았고 이후 이 문제는 정장관을 떠나 이규식해경청장에게 넘어가 이청장만 집중포화를 받는 신세가 됐다.

지난 3일로 취임 1백일을 맞은 정장관의 이런 모습은 국회뿐만 아니라 다른 곳에서도 쉽게 볼수 있다.

어업인을 비롯한 수산계 인사들과 대화에서도 그는 정치적인 수사보다는 있는 그대로를 말하고 보여준다. 그리고 그는 정확히 핵심을 짚어 낸다. 해양수산부 한 고위 간부는 "처음에는 정치인 출신 장관이라 우려를 많

시켰고 수협에 공적자금 투입을 성사시킨 장관이다.

장관 취임 1백일만에 수산계로서는 수산사적인 의미를 갖고 있는 두 개의 대형 사건을 처리한 장관이 되고 만 셈이다. 하지만 취임 1백일이 모두 '쾌청'한 것만은 아니다.

앞으로 파장의 예측이 쉽지 않은 일본의 꽁치봉수망 허가 유보 문제가 걸려 있고 당장 내년도 예산을 확보하는 문제등이 정장관을 시험하기 위한 몸짓을 시작하고 있다. 정장관의 긍정적인 평가가 언제까지 이어질지 두고 볼 일이다.

〈文映柱기자〉

해양수산부 장관 취임 100일 후 세평을 다룬 기사(2001년 7월)

# 6

# 믿음을 주고받는다는 것

"40대의 젊은 엘리트인 정 장관의 부임은 해양수산부에 신선한 충격이었다. 정 장관 재임 때 차관인 나로서는 국회에서 제일 편했던 시기였는데, 그 이유는 정 장관이 국회의원들의 생리를 잘 알아서 상임위에서건 예결위에서건 장관이 명쾌하게 답변을 했기 때문이고, 그 바람에 부하 직원들도 국회 답변자료 작성의 수고를 훨씬 덜었다."

나와 함께 호흡을 맞췄던 홍승용 당시 해양수산부 차관이 회고 록에 쓴 대목이다. 회고록을 쓸 때는 공직에서 물러나 인하대 총 장직을 맡고 있었지만, 그는 무려 다섯 명의 장관을 겪은 '해양수 산부 최장수 차관'이기도 했다.

그가 칭찬해준 대로 내가 '젊은 장관'으로 부임하는 바람에 조 직이 신선한 충격을 받아 활기를 띠었을 수도 있겠다. 하지만 젊은 장관의 신선한 충격이라는 게 모두에게 반가운 것은 아니어서 경험이 많은 인재들에게는 은근한 압박으로 작용할 수도 있다.

내가 장관으로 갔을 때 상당수의 실장 국장들이 고시 선배들이었다. 홍 차관의 경우 고시 출신은 아니었지만 나보다 많은 경험을 쌓은 인생 선배였다. 그는 당시를 이렇게 서술했다.

> 나는 이번에야말로 차관을 그만둬야겠다 하면서 짐을 꾸리고 있는데, 정 장관이 장관실로 부르더니 한중어업협정 체결이 막바지에 와있고, 자신이 해양수산정책에 대해 차관의 노하우를 배워야 하기 때문에 같이 일할 것을 강하게 요청하였다.
> 나도 한중어업협정에 대해 결자해지해야 하는 입장이라 흔쾌히 정 장관의 권유를 받아들이고, 정 장관 부임 10일 후에 북경으로 날아가서 '한중 어업협정'과 '한중 수출입 수산물 위생관리협정' 두 가지의 중요한 협정을 마무리했다. 이 두 가지의 협정은 노무현 장관 때에 성안되고, 정우택 장관 때에 마무리된 것으로 시작부터 정 장관에게는 행운이 따랐던 셈이다.

홍 차관은 해양 분야 학자 출신으로 국내에서 손꼽히는 전문가였다. 해양수산개발원 원장, 세계해양포럼 공동의장을 역임하고 우리나라 해양 정책의 수립과 집행에서 주요한 역할을 해왔다. 이런 분이 '젊은 장관'이라는 뒷물결에 밀려 조직을 떠난다면 큰 손실이 아닐 수 없었다. 당장 눈앞으로 닥쳐온 한중어업협정부터가 그랬다.

이 협정은 서해에서의 어업 분쟁을 해결하고 수역을 설정하기 위하여 한국과 중국 사이에 맺은 것이다. 이 협정으로 한중 양국 모두에게 '자국 쪽 바다'라는 개념이 확실해짐으로써 국제연합 해양법협약에 따른 새로운 어업질서를 형성하게 되었다.

그가 회고록에서 '정 장관에게 행운이 따랐다'고 언급한 부분은 한중어업협정이 한일 때의 전철을 밟지 않고 순조롭게 타결되었다는 부분을 언급한 것으로 보인다. 해양수산부로서는 한일협정이 '떠올리기 싫은 트라우마'였기 때문이다.

1998년 9월 타결된 한일어업협정은 같은 해 10월로 예정된 김대중 대통령의 방일을 앞두고 충분한 내용 검토 없이 협상 타결에만 연연하다가 중요한 부분을 놓치고 말았다. 바로 '쌍끌이 조업'에 대한 부분이었다.

쌍끌이 선단은 국내 대형 기선저인망 업종의 주력 선단으로 주로 광어나 돔, 우럭, 장어 등을 잡아왔으며 당시 연간 6천500톤의 어획량을 올렸다.

그런데 이를 빠뜨린 채 이뤄진 한일어업협상의 문제점이 99년 3월 이른바 '쌍끌이 조업 파동'으로 폭발해 큰 사회적 문제로 번졌다. 한일 정부가 추가협상을 거쳐 가까스로 봉합은 했으나 김선길 당시 장관을 비롯해 관련 공무원들이 줄줄이 옷을 벗었다. 그 후로도 여파가 이어져 후임 장관이 이를 수습하다가 물러나는 악

순환이 빚어졌다.

'최장수 차관'이란 그의 타이틀에도 해양수산부가 한일협정 이후 맞이했던 '격랑의 흔적'이 고스란히 담겨 있다. 그가 차관으로 일한 기간은 1999년부터 2002년까지 3년 남짓으로, 그 사이에 4대부터 8대까지 무려 다섯 명의 장관이 거쳐간 거였다.

해양수산부 사람들로선 한중어업협정을 앞두고 바짝 긴장할 수밖에 없었다.

나는 차관과 간부들한테 "협상에 나서기 전에 최악의 가능성까지 시나리오를 만들어 놓아야 혹시라도 중국이 강경하게 나왔을 때 우리가 당황하지 않고 대응할 수 있다"고 주문했다.

한일협상에선 그런 면밀한 준비가 부족했던 데다가, 일본이 우리 측의 '대통령 방일 전 협상 타결' 속내까지 읽어 파고들자 외통수에 몰릴 수밖에 없었다.

이렇게 한마디 당부한 것을 빼고는, 한중협상 전부를 홍 차관에게 일임했다. 투철한 국가관을 가진 해양수산 분야 국내 최고의 전문가인데 그가 아니라면 누굴 믿을 수 있겠는가.

그의 능수능란한 수완에 힘입어 내가 취임한 지 보름 만에 한중어업협정이 큰 문제 없이 체결되었다. 그 이후로 협정으로 인한 후유증이 불거지지 않았으니 내가 운이 좋았다는 것은 맞는 말이었다.

조직을 책임지는 입장에서는 누군가를 믿고 그가 나의 믿음에 답해줄 때만큼 뿌듯한 순간이 없다. 실무자들의 부담을 덜어주기 위해 리더로서 노력해야 할 부분도 있지만, 그들이 자기 역량을 충분히 발휘할 수 있도록 끝까지 믿고 지원하며 때로는 지켜주는 것 또한 리더의 기본자세이기도 하다.

한번은 이런 일이 있었다.

고시는 선배지만 매우 유능한 국장이 국정원 보안 검사에 걸리는 바람에 국정원으로부터 그를 파면시키라는 통보가 왔다. 내용인즉 퇴근할 때 비밀문서를 캐비닛에 넣고 잠가야 하는데 책상에 놓아둔 채 나간 거였다. 평소 업무에선 빈틈이 없었지만 그날따라 밖에 급한 일이 있었는지 실수를 한 모양이었다.

마침 신건 당시 국정원장이 각 정부 부처에 보안을 강조하면서 "보안 검사에 걸리는 공직자에 대해서는 엄단 조치를 하겠다"는 지시를 내린지 얼마 안 됐다. 시범 케이스로 딱 걸린 셈이니 꼼짝없이 파면당할 처지였다.

해양수산부 전체가 초상집 분위기가 됐다. 그런데 내가 신건 원장과 마침 인연이 있었다. DJP연합 대통령직 인수위원회에 내가 경제 1분과 인수위원으로 들어갔을 때 신건 원장이 법률 쪽 인수위원으로 근무하고 있었다. 인수위원 25명이 1997년 12월 26일부터 1998년 2월 24일까지 두 달 동안 함께 활동했었다.

신건 원장에게 전화를 걸었다.

"신 선배님! 제가 해양수산부 장관이 되어서 처음으로, 아니 유일무이하게 부탁을 드립니다. 이번에 보안검사에서 걸린 사람이 우리 해수부에서는 가장 유능한 국장 중에 한 사람입니다. 운이 없으려니 원장님께서 보안검사 특별지시를 내린 상황에서 걸려버렸습니다. 송구스럽지만 장관인 제 체면을 봐서 파면조치만은 재고해주시면 감사하겠습니다. 부탁드립니다."

신건 원장은 두말없이 조치를 취해주었다. 징계의 수위를 조정해줘서 국장이 업무에는 지장을 받지 않도록 다시 힘을 내어 일할 기회를 만들어 줬다.


해양수산부가 들썩할 만한 소식이었다.

직원들이 나를 좋게 평가해준 부분 가운데 하나가 이런 부분이었다.

'나는 당신들을 믿는다.'

'우리 사람은 반드시 챙긴다.'

굳이 말로 표현하지는 않았지만 결정과 행동으로 보여준 신뢰가 일종의 사인이 되어서 사람들에게 전해지고 공감이 되었던 모양이다. 사무실에 종일 앉아서 서류 가지고 오면 토씨나 고치는 장관이 되고 싶지는 않았다. 국회는 물론 여러 관계 부처와 관계를 원만하게 닦으면서 어려운 일의 매듭 풀어주며 함께 하는 장관, 그게 내가 바라고 실천했던 모습이었다.

홍 차관의 회고록에는 나의 모습에 대해 이렇게 기록되어있다.

정 장관의 재기 넘치는 발언과 과감한 판단, 부하 직원에 대한 전폭적 신뢰 등으로 많은 성과가 있었다. 한중 어업협정 후속 조치, 평택항 시대 오픈, APEC해양장관회의 결성, 해운산업 종합발전계획 수립, 광양항 2단계 2억 불 외자유치, 해적 피해 방지대책 수립, 여수엑스포 유치활동, 제2차 공유수면매립계획 수립, 시화호 연안관리해역 종합관리계획 확정, 선박투자회사 제도 등이 대표적인 일이었다.
「바다와 대학」, P.68~69, 홍승용 지음, 블루&노트 출간

# 7

# 안녕, 우리들의 리베로

"저녁 식사 시작하기 전에 내년 예산에 대해서 각 국별 소관별로 설명을 드리겠습니다."

우리 해양수산부 담당 국장이 말했다. 그러고는 자료를 주섬주섬 꺼내어 예산실 국과장들에게 나눠주려는데 맞은편에 앉아있던 신철식 당시 기획예산처 예산실 국장이 테이블을 내리치며 소리를 버럭 질렀다.

"스톱! 여기서 해양수산부 예산 설명하려면 당장 그만두세요. 싹 다 스톱!"

해양수산부 국장들이 대경실색, 앉은 자리에서 굳어버렸다.

그들로선 천금 같은 기회였다. 예산실의 주요 간부들에게 설명해 우리가 시행하려는 정책들이 왜 필수불가결하며, 왜 그만한 예산이 집행되어야 하는지 납득시켜야 했다. 우리 부처의 예산은 해당 산업과 관련업계 종사자는 물론 어민들, 지역사회에 이르기까지 영향을 미치기에 한 푼이라도 더 확보하는 게 관건이었다.

그래서 내역을 설명하려는데 예산실의 핵심 국장이 고함을 치면서 "당장 그만두라"고 하니 뭔가 잘못돼도 한참 잘못된 거였다. 싸늘한 정적이 흘렀다.

자초지종은 이랬다. 기획예산처 예산실 국장을 비롯한 몇몇 국과장과 우리 쪽 해양수산부 담당 국장들이 함께 저녁을 먹기로 했다. 전통적으로 예산실은 특히 예산 시즌일 경우, 관계 부처 공무원들과 식사를 하지 않는 게 관례였다.

하지만 그 당시 딱 두 군데만 예외를 허용해주었다. OB 선배가 장관으로 있던 외교부(한승수)와 해양수산부(나)였다.

참석한 예산실 국장 중에서 우두머리가 신철식 국장이었다. 그는 신현확 전 부총리의 외아들이며 나의 경기고 후배이기도 했다. 우리 돈줄을 움켜쥔 예산실 사람들 중에 가장 권한이 많은 신철식 국장이 대뜸 고성을 내니까 우리 국장들로선 기겁을 할 수밖에 없었다.

분위기가 굳어 있는데 신철식 국장이 침묵을 깨고는 이렇게 말했다.

"여기 정 선배께는 우리가 알아서 다 넣어드립니다. 그러니까 이런 자리에서 그런 거 설명 안 해도 됩니다."

그의 짓궂은 장난이었음이 밝혀지는 순간 크게 폭소가 터졌고 분위기가 뒤집어졌다. 긴장이 풀리자 우리 쪽 담당과 예산실 담당 간의 러브샷(마주 선 두 사람이 팔짱을 낀 것처럼 서로의 팔을 휘감은 채 마시는 건배)이 이어졌다. 화기애애한 저녁 모임이었다.

그러고는 다음날 아침 국장 회의를 소집했다.

"내년 예산 확보를 위해 장관으로서 할 수 있는 건 여기까지입니다. 이제 여러분 차례입니다. 여러분이 요구한 예산이 국별로 90퍼센트 이상 확보되지 못할 경우 해당 국장에 대해 책임을 묻겠습니다."

저쪽 담당과 러브샷까지 했으니 이제는 그걸 성과로 연결시킬 차례였다. 원래 세상에는 공짜가 없는 법이니까.


그 이듬해인 2002년 한일월드컵에서 홍명보 선수의 활약이 주목받아 '리베로'라는 용어가 유명해졌다. 리베로(libero)는 원래 '자유'를 뜻하는 이태리어인데, 축구에서 수비수 역할을 맡으며 공격에도 적극 가담하는 전천후 선수를 뜻한다고 한다. 주장이었던 홍명보 선수가 이 역할을 톡톡히 해내며 대한민국 4강의 신화를 이끌었다.

나중에 "해양수산부 장관 시절에 리베로 같았잖아요?"라는 말을 들었다.

해양수산부가 하는 일이라도 해양수산부 독단으로 할 수 있는 일이 많지 않다. 관계 부처와 협의를 거쳐야 하는데 이럴 때 앞으로 불쑥 나서서 막히는 부분을 뚫어주고 다시 뒤로 빠지는 리베로의 역할을 했다.

선박투자회사 제도를 도입할 때도 그랬다. 선박이 보통 수천만 달러에 이르니 배를 소유하는 건 어렵지만, 배를 주식 형태로 소유권을 가질 수 있는 제도를 도입하려 했는데 세제 혜택을 받아야 하는 부분에서 재정경제부 세제실의 여러 가지 협조가 필요했다.

담당 국장에게 "세제실 쪽을 좀 아느냐"고 물었더니 모른다는 거였다. 이용섭 당시 세제실장에게 전화를 걸어 "우리 담당국장이 찾아뵐 테니 신경 좀 써달라"고 부탁을 했다. 이용섭 씨는 그후 노무현 정부 때 국세청장, 행정자치부 장관, 건설교통부 장관 등 요직을 두루 거치며 파워 엘리트로 활약했다.

행정부와 정치권에서 두루 쌓은 폭넓은 인간관계도 일을 풀어가는 데 장점으로 작용했다. 필요한 경우에는 관련 부처를 직접 찾아가는 등 당시로서는 파격적인 행보가 서열이 중시되는 관가

205

에서 이례적인 일로 받아들여지기도 했다.

하지만 나의 해양수산부 장관 생활은 5개월 남짓 만에 섭섭한 이별로 마무리되었다. 'DJP 연합'이 와해되면서였다. 자민련의 김종필 총재(JP)는 공동정권이 파기되어도 감수하겠다는 의지로 DJ에게 이렇게 건의했다.

"임동원 통일부 장관은 국정원장 재직 시에 북한 김용순 비서의 서울 방문 기간 중 수행비서 역할을 자임하는 등 국정원을 북한의 하수인으로 전락시킨 바 있으며, 북한 선박의 영해 및 NLL 침범 시에는 NSC 상임위원장으로서 북한 선박의 계속적인 영해 침범을 사실상 묵인하는 등 군의 사기를 저하시키고 국민의 안보 의식에 심대한 혼란을 초래했다. 이런 사실을 문제 삼아 즉각 사임할 것을 요구한다."

DJ 햇볕정책의 '전도사'격인 임동원 당시 통일부 장관의 해임을 요구하고 나선 것이다. 햇볕정책으로 남북정상회담(2000년 6월)을 성사시켜 그해 노벨 평화상까지 수상한 DJ로선 받아들일 수 없는 카드였다. DJ는 임 장관 해임 요구를 거부했다. 이에 JP는 '극약 처방'을 썼다. 야당인 한나라당과 공조해 2001년 9월 3일 국회 본회의에서 임 장관의 해임건의안을 가결시킨 것이다.

나는 이때 '여수 세계박람회' 유치를 위해 터키, 태국 등 4개국을 순방 중이었는데 JP의 강경 지시로 당일 오전 태국에서 급거 귀국해 표결에 참석했다.

이로써 'DJP 공조'는 파기됐다. 내각에 참여했던 이한동 국무 총리와 나를 비롯한 자민련 소속 장관들은 JP의 뜻에 따라 직을 사퇴하고 당에 복귀하는 것으로 결정되었다.

하지만 이한동 총리는 JP의 요청을 거절했다. 그는 "김대중 대통령의 간곡한 총리직 유임 요청을 받아들였다"며 2001년 9월 6일 총리 비서관을 통해 유임을 발표하였다. '당보다는 국가'라는 생각으로 총리직을 유임하기로 했다고 명분을 밝혔지만 JP와 자민련은 이한동 총리를 배신자로 낙인찍으며 당에서 징계·제명 조치했다.

이한동 총리는 나에게 내각에 같이 남자고 권유했지만 나는 JP 결정을 따르겠다며 당으로 돌아가기로 결심했다.

9월 7일 오전 국회 농림해양수산위원회에 출석했다. 적조(赤潮) 피해와 관련한 업무보고를 한창 진행하던 중이었다. 그때 개각 소식이 전해졌다. 내용을 메모로 건네받은 함석재 위원장(자민련)은 즉각 회의를 중단했다.

그는 "정 장관이 유임되지 않았다"며 "(정 장관은) 이 순간까지 농해수위에 나와서 질의·답변하는 등 존경스러운 자세를 보였다.

앞날의 건강과 행운을 빈다"고 위로해주었다.

나는 지체 없이 농해수위원들과 작별 인사를 하고 자리를 떴다. 그리곤 해양수산부 청사로 돌아와 급히 마련된 이임식에 참석했다.

마지막으로 기자실에 들렀다. 해양수산부 직원들은 물론 기자들도 침통해 하는 표정이었다. 출입기자단 간사를 맡은 기자가 물었다.

"또다시 취임 5개월여 만에 장관이 바뀌게 됐습니다. 꼭 이래야만 했습니까?"

나는 담담한 얼굴로 대답했다.

"저 역시 개인적으론 무척 아쉽습니다. 해양수산부 직원들에게 미안합니다. 정치 현실에서 당인(黨人)의 도리를 다하기 위해 어쩔 수 없는 결정을 내렸음을 이해해주세요."

이렇게 해양수산부 장관을 마쳤다.

# 8

# 크리스마스이브의 번민

우리 삶의 어느 순간에 나타나 그것이 기회임을 알고 붙잡는 이에겐 필연이 되는 것, 어쩌면 그것이 '숙명'이라는 것인지도 모른다.

1991년 크리스마스이브, 경제기획원 고참 과장으로 있던 셋째 형이 내방까지 찾아와 급히 할 얘기가 있다고 했다. 한 달에 한 번 정기적인 집안 모임이 있어서 자주 얼굴을 보는데, 갑자기 내 방까지 온 것을 보니 심상치 않은 일인 것만은 분명했다.

거두절미하고 본론부터 이야기하는 우리 집안사람답게 형은 숨돌릴 틈도 없이 물었다.

"너, 정치해 볼 생각 없냐?"

아닌 밤중에 홍두깨였다. 행시에 합격한 이래 한눈 한 번 팔지 않고 행정 공무원으로서 성실히 일해 왔기에 정치란 나에게 별세계였던 것이다. 아니, 무관하다고는 할 수 없었다. 10대 국회 때까지만 해도 얼마나 정치에 관심이 많았던가!

하지만 1980년 5월 이후 전두환 군부정권이 들어서고 아버지가 제11대 국회부터 정치규제에 묶이는 등 정치적 격변을 바라보면서 나는 정치에 대한 관심을 완전히 잃어버렸다.

그러다 1988년에 경제기획원 기획관리실에서 대(對)국회 첨병 역할을 하며 국회에 드나들면서 다시 정치에 눈을 뜨긴 했다. 그렇다고 내가 정치를 한다는 가능성을 생각해 본 적은 없었다. 그런 나에게 형의 제안은 뜻밖이었고 혼란스러웠다.

나의 어리둥절한 표정에 형은 피식 웃으며 자초지종을 털어놓았다. 정주영 현대그룹 회장의 아들 몽준 씨가 서울 상대 동기동창인 형한테 곧 만들어질 통일국민당에 입당해서 정치를 해볼 의사가 있냐고 물었다는 것이다. 현대 정주영 회장이 정당을 만든다는 얘기는 나도 들어서 알고 있었다.

"너도 알다시피 나는 정치에는 관심이 없고 그쪽으로는 별 능력도 없는 것 같아서 일언지하에 거절해 버렸다. 그런데 문득 네 생각이 나더구나. 나보다는 동생이 정치 감각이 있다고 너를 추천

했다. 형제가 같이 공무원의 길을 걷는 것보단 한 사람은 정치를
해보는 것도 좋을 것 같은데 네 생각은 어떠냐?"

나는 행정고시 22회로 1978년에 합격하여 공직에 들어간 후 경
제기획원에서 과장으로 근무하고 있었다. 행정고시 17회 출신인
셋째 형도 경제기획원에서 '과장 3인방'으로 이름을 날리고 있었
다. 1961년 경제기획원이 생긴 이래 고시에 합격한 형제가 함께
있기는 처음이라고 했다.

형제가 같은 부처에서 근무하려니 서로 신경이 쓰였던 것은 사
실이었다. 나는 혹시 형에게 폐가 되지 않을까 싶어 말 한마디도
조심하였고 몸가짐에도 주의를 기울였다. 형도 말수가 적은 터라
잔소리 한 번 없었지만 나 때문에 여러모로 신경이 쓰였을 것이
다.

"우리 형제 중 한 사람쯤은 아버님 뒤를 잇는 것도 뜻이 있을
것 같다. 네가 아버님 일에 가장 관심이 많았으니 아버님 뒤를 이
어보는 것도 좋지 않겠니?"

그러다 보니 기억이 났다. 고시 공부하던 시절, 집에서 아버지
와 정치인들의 대화를 엿들으며 가슴 설레던 때가 있었다. 기억의
실타래는 어린 시절로까지 이어졌다. 우리 집을 들락거리던 아버

지 지역구 사람들과 선거철의 이런저런 장면들... 새삼스레 돌이
켜보니 성장하는 내내 정치가 나에겐 고향처럼 친숙한 세계였는
지도 모른다.

2001년 초에도 나와 형은 화제의 인물로 언론에 또다시 등장
했다. 나는 경제기획원의 법무담당관 과장직을 던지고 정치에 투
신하여 15대, 16대 국회의원에 연속으로 당선된 후 해양수산부 장
관으로 관직에 금의환향했다.

기획예산처 예산관리국장을 끝으로 공직을 마감한 형은 중앙
종금 부회장을 거쳐 두산 정보통신기술(IT)부문의 사장직에 올랐
다. 언론에는 '기획원 출신 형제의 화려한 변신'이라는 화제 기사
가 났다. 옛 경제기획원에서 함께 근무했던 '과장 형제'가 또다시
형은 대기업 사장으로, 동생은 장관으로 세간의 주목을 받았던 된
것이다.

형은 두산에서 17년간 사장과 부회장을 역임했고, KBO(한국야
구위원회) 총재도 맡아 '야구 마니아'로서 꿈을 이뤘다. 어릴 때부
터 야구광이었던 형은 나를 야구장에 자주 데리고 다녔다. 경제기
획원 야구부 창설 멤버이기도 했다.

"정치를 해 보지 않겠느냐"는 셋째 형의 제안이 내 삶을 송두

리째 뒤흔들어 놓았다. 과연 나는 내 일에 만족하고 있는 것일까? 지나온 삶을 되돌아보았다. 행정공무원으로 만 13년. 정시 퇴근이란 꿈도 꾸어 보지 못한 생활이었다. 밤 열시 넘어서까지 근무하는 날이 태반이었지만 그만큼 보람 또한 있었다. 경제기획원 내에서 과장 승진도 동기들 중에 가장 빨랐으니 만족하지 않는다고는 결코 말할 수 없었다. 나는 베란다에서 밤새도록 이런저런 상념에 잠겼다.

백 퍼센트 만족한다고도 할 수 없었다. 이쯤에서 새로운 변신도 의미가 있을 것 같았다.

하지만 내 나이 서른아홉, 새로운 일을 시작하기보다는 지금까지 해왔던 일에서 성과를 거두어야 할 나이였다. 행정공무원으로서 막 입지를 굳혀 가는 터였다. 이제 와서 인생의 길을 바꾼다는 것은 무모한 일이 아닐까? 게다가 정치인으로 확실한 미래가 보장된 것도 아니었다. 사표를 던졌다가 실패하기라도 한다면...

새해 3일간의 연휴 내내 5형제가 한자리에 모였다. 내 문제가 거론되었다. 가족들과 긴 회의가 이어졌다. 의견도 양분되었다. 해보라고도 했고, 나이 마흔에 실패하면 어쩔 거냐고도 했다. 내 마음속 갈등 그대로였다.

"때로는 모험도 할 줄 알아야지. 우리 모두 발 벗고 나서서 성심껏 도와보마. 한번 해보자. 만에 하나 실패한다 해도 시도는 해볼 만한 것 아니겠니?"

결국 큰형님이 형제들의 입장을 정리해 출마를 권유하였다. 물론 선택은 나의 마음에 달려 있었다.

1992년 1월 4일 시무식 직후, 사표를 제출했다. 통일국민당 창당발기인 서명까지 끝낸 상태였다. 내가 사표를 냈다는 소식이 순식간에 퍼졌다. 과천관가는 센세이션이 일어났다. 과장이 국회의원에 출마한다고? 하지만 나는 갑자기 이십 대 청년으로 되돌아간 느낌이었다. 그동안 가슴 속 깊이 묻어 놓았던 정치에의 열망이 꿈틀거리며 솟아 나왔다. 정해진 일에만 파묻혀 지내다가 낯선 세계로 새로이 발을 내딛는 느낌은 신선했다. 불안과 도전 욕구가 뒤섞인 생생한 감정 탓일까. 내가 살아 있다는. 내게 무언가를 새로 시작할 힘이 남아 있다는 묘한 생동감이 나를 압도했다.

정들었던 종합청사 문을 당당하게·나섰던 그 날, 위험한 도전을 감행하는 마흔의 중년이었지만 마음만은 청년의 열정으로 불타오르고 있었다. 50퍼센트의 확률만 있다면 도전이란 언제든 해볼 만한 것이다. 불안하고 위험한 도전... 그러나 멀리서 나를 기다리고 있었던 것은 40년을 살면서 몰랐던 새로운 세상이었다.

# 기획원 출신 형제 '화려한 변신' 화제

## 형 정지택씨 두산IT 사장

## 동생 우택씨 해양수산부 장관

정지택 사장　　정우택 장관

옛 경제기획원에 함께 근무했던 형제가 형은 대기업 사장으로, 동생은 장관으로 변신해 화제다.

두산 정보기술(IT)부문 총괄 사장에 최근 선임된 정지택(鄭智澤·행시 17회)사장과 해양수산부 정우택(鄭宇澤·행시 22회)장관이 그 주인공.

이들은 경제기획원에서 함께 12년을 근무하면서 같은 시기에 '형제 과장'으로 지내며 시선을 끌었던 인물.

정사장은 기획예산처 예산관리국장을 끝으로 공직을 마감한 후 중앙종금 부회장을 거쳐 두산 사장직에 올랐다.

정장관은 정치에 뜻을 두고 13년 공직생활 후 사표를 던졌다. 그는 충북 진천-음성에서 한번 낙선한 후 내리 두 번 당선됐다. 올 3월에 해양수산부 장관으로 관직에 금의환향했다.

이들 외에 정성택(鄭盛澤)인하대교수가 큰형이다. 효성의 재무브레인 정윤택(鄭允澤)상무도 형제다. 〈김동원기자〉

daviskim@donga.com

©동아일보

경제기획원에서 화제를 모았던
형제 과장의 변신을 다룬 동아일보 기사
(2001년)

# 9

# 무모했던 첫 도전

진천은 정치인으로서 출발점이자 고향이다. 하지만 나고 자라지를 않았기 때문에 생소한 곳이었다. 더구나 진천과 같은 선거구에 속해 있는 음성군은 난생처음 밟아보는 땅이었다.

사실 지역 입장에선 그곳에 거주하면서 지역 문제에 해박한 사람이 국회의원으로 당선되는 것이 더 바람직할 것이다. 내 입장에서도 지역 기반으로 보자면 익숙하지 않은 고향보다는 내가 살아온 서울이 나을 수도 있었다.

그럼에도 진천·음성을 선택한 것은 순전히 나의 우직한 성격에 기인한 것이 아닌가 싶다. 통일국민당 중앙당 창당 발기인으로 들어갔기 때문에 지역구는 내가 선택할 수 있는 상황이었다.

어디에서 출마할 것인지 고민을 많이 했는데 진천·음성을 선택한 가장 큰 계기는 가업을 잇는다는 것이었다. 아버지가 태어나시고 처음 국회의원하신 데를 가야 가업을 잇는 것으로 생각했다. 돌아가시기 전 내가 유학 중인 하와이에 들렀던 아버지는 떠나시던 날 공항으로 향하는 차 안에서 "고향을 위해서 더 많이 일하지 못한 게 마음에 걸린다"고 하셨다. 그 말씀을 하신 지 꼭 6개월 만에 아버지는 세상을 떠나셨다. 유학 중이어서 임종도 못 지켰던 터라 그 말씀이 아버지의 유언처럼 느껴졌다.

주사위는 던져졌다. 정치 초보자인 나는 진천·음성을 지역구로 1992년 14대 국회의원 선거에 출사표를 던졌다. 선친이 1958년 자유당 소속으로 그곳에서 단 한 번 민의원을 지낸 지역구를, 그 아들이 34년 만에 지역 연고라고 찾아간 것이다. 지금 생각하면 나의 선택은 도전적이긴 하나 우직스럽고 무모하기 짝이 없었다.

막상 고향 땅에 발을 딛고 보니 사람이며 풍경이며 무엇 하나 낯설지 않은 것이 없었다. 과연 잘 해낼 수 있을지 두려움이 밀려들었다. 아버지 고향이라는 사실과 몇 사람의 친척 이외에는 아는 사람이 없는 곳에서 서울에서 자란 내가 정치를 한다는 것은 불가능으로 보였다. 고향에서 초등학교만 나왔어도 이렇게 막막하지

217

는 않았을 터였다.

미리 연락해 두었던 친척을 만나 그분으로부터 선거에 정통하다는 사람을 소개받았다. 그는 처음 이 말부터 꺼냈다.

"걱정 마십시오. 아직도 선친을 기억하는 사람들이 많고, 제 조직을 동원한다면 반드시 당선되실 겁니다."

나는 선거에 대해서는 ABC도 모르는 신참이었으니 그의 말에 따를 수밖에 없었다.

선거일은 3월 24일. 아무것도 모르는 상태에서 내게 주어진 시간은 고작 두 달하고 보름 정도였다. 무엇부터 해야 할지 난감하기만 했다. 통일국민당은 중앙당 창당도 안 되었기 때문에 당 조직도 없는 상태였다. 친척으로부터 소개받은 그 사람만이 내가 매달릴 수 있는 유일한 끈이었다.

내가 경쟁해야 할 상대는 육사 13기로 충북도지사를 지낸 바 있는, 당시의 여당 민자당 후보였다. 지역기반으로 보나 당 조직으로 보나 신생 정당에다 이제 막 지역에 내려온 초보자였던 나에게 비할 바가 아니었다.

내가 가진 이점이라면 젊다는 것, 행정공무원으로서의 전문역량을 가지고 있다는 것 정도. 하지만 젊다는 점이 시골 사람들에게 이점으로만 비춰지기는 어려웠고 기획원 과장 정도의 이력 역

218

시 내세울 만한 것은 못되었다.


하지만 출마자는 누구나 당선을 확신한다. 나 역시 예외는 아니었다. 3개월도 채 안 되는 시간 동안 정신없이 돌아가는 선거판에서 객관적인 사고란 처음부터 기대할 수 없었다. 생각해보면 그 당시 내가 이긴다는 것 자체가 불가능한 일이었다. 그런데도 무슨 근거로 당선을 확신했던 것일까?

본격적인 선거운동이 시작되었다. 나는 뭐가 뭔지도 모르는 채, 선거 책임을 맡은 그 사람이 가자는 대로 여기저기 따라다닐 뿐이었다. 가는 곳이 어디에 붙어있는지도 몰랐다. 두 달여 남짓, 많은 곳을 돌아다녔고 많은 사람을 만났다. 손이 닳도록 악수도 했다. 여전히 뭐가 뭔지도 모른 채 정신없이 바쁜 날들을 보냈다. 선거에 영향력이 있다는 인사들의 얼굴을 익히기만도 벅찬 시간이었다.

시간이 흐르자 준비했던 자금은 바닥이 나고 내 속은 바짝바짝 타 들어갔다. 어쩔 수 없이 형제들에게 도움을 청했다. 형제들도 많은 돈을 갑작스레 동원할 능력이 있을 리 없었지만 부랴부랴 집을 저당 잡히고 은행이나 친구들한테서 빌려야 했다.


정신없이 돌아갔던 3개월이 지나고 드디어 3월 24일, 결전의

날!

투표함이 열렸다. 내 인생에서 그토록 초조하고 긴장했던 순간이 또 있었던가. 대학입시를 치를 때도 행정고시를 볼 때도 그렇게 불안하고 초조하지는 않았다. 양손에 땀이 배어났다.

민자당 후보가 나보다 조금 앞서기 시작했다. 선거 사무장이 조심스레 내 눈치를 살폈다.

"피곤하실 텐데 집에 가서 쉬면서 개표를 보는 게 어떻겠습니까?"

그는 여러 차례 선거를 치러본 터라 이미 패배를 예측했던 듯하다. 그러나 나는 그때까지도 내가 진다는 생각을, 아니 질 수도 있다는 생각을 하지 않았다.

집에 와서 방송으로 개표를 지켜보는데 밤 12시가 넘었는데도 나는 '부동의 2위'를 지키고 있었다. 당선을 확신했던 마음속에 패배의 그림자가 드리우기 시작했다. 문득 고개를 돌려보니 형의 눈에서 눈물이 흐르고 있었다. 공무원으로 일 잘하고 있는 동생을 괜히 부추겨서 이런 꼴이 되고 말았다는 자책이었을지도 모르겠다.

내 볼 위로도 뜨거운 눈물이 흘러내리고 있었다. 부모님이 돌아가신 이래 참으로 오랜만에 흘려보는 눈물이었다. 아무 생각도 떠오르지 않았다. 머릿속이 백지처럼 깨끗하게 비어 있는 듯했다. 몇 달 산중에서 도(道)라도 닦고 나온 것처럼 마음 역시 바닥까지 들여다보일 듯 투명하게 느껴졌다. 아무것도 남은 것이 없을 때 오히려 마음이 더없이 평온해진다는 사실을 그때 알았다.

나이 마흔에 좋은 직장을 버리고 나와서 평생 모은 재산은 물론 형제들의 재산까지 헛되이 날려 버린 판이었다. 대체 앞으로 무엇을 어떻게 해야 할지 막막했다. 하지만, 상황은 가슴을 두드리며 통탄해야 마땅한데도, 슬픔이나 분노보다는 허탈감에서 오는 눈물만이 내 가슴을 적시고 있었다.

막바지로 치달은 선거 방송을 끄고 자리에 누웠다. 선거 내내 하루 서너 시간밖에 자지 못했으니 피곤이 누적된 탓도 있겠지만, 모든 것을 걸었던 선거에서 패배했는데도 이상하게 눕자마자 잠이 쏟아졌다.

만 39세에 14대 총선 진천·음성 지역구에서 첫 출사표(1992년 3월)

# 10
## 먼지가 가라앉은 뒤에야
## 뚜렷하게 보이는 것들

다음날 어김없이 이른 아침에 눈이 떠졌다.

'오늘은 또 어디로 가기로 했지?'

자동으로 떠오른 생각이었다. 선거기간 동안 눈을 뜨면 가장 먼저 생각했던 게 바로 하루의 일정이었다. 대개 30분 단위로 이어진 일정이 잠이 깨면서 동시에 떠올랐는데 그날 아침엔 아무것도 떠오르지 않았다.

이상하다. 멍하니 눈을 뜨고 누워 있었다. 천장으로 어제 보았던 득표 숫자가 떠올랐다. 나도 모르게 베개가 축축해졌다.

모든 것을 걸었던 일이 실패로 끝났음에도 어김없이 또 하루가 시작된다는 것이 낯설고 무정하게 느껴졌다. 습관처럼 자리에서 일어나긴 했지만 할 일이 없었다.

'이제 뭘 하지?' 오늘도, 내일도 나는 할 일이 없었다. 철이 든 이래 아무것도 할 게 없는 상황은 처음이었다.

평소 같으면 이른 새벽부터 전화통에 불이 났을 텐데 그날 아침엔 전화 한 통 걸려오지 않았다. 현관 투입구로 빼꼼하게 신문이 보였다. 신문을 집어 들었다. '석 달만 더 주어졌더라면' 하는 아쉬움이 들었다. 그러나 이미 배는 떠난 뒤였고 선거에서 2등은 꼴찌나 마찬가지였다.

선거판에 뛰어들어 청춘을 다 보내고 은발이 되어서야 평생의 소원을 이룬 어느 국회의원이 "선거는 마약보다 더 무서운 것 같다"고 자조적으로 내뱉은 적이 있다. 평소 합리적이라고 자부했던 내가 근거 없는 확신에 들떠 덜컥 선거에 임하고 당선까지 확신했던 것을 보면 그분의 말이 옳은 것도 같다.

선거가 끝나고 패배가 확인된 뒤에야 나는 무모한 확신에 생각 없이 달려왔던 지난 석 달을 냉정하게 바라볼 수 있었다.

지역구 사무실에 나가서 나만큼이나 나의 낙선을 비통해 하는 지역구 당원들을 다독거려 며칠 쉬라고 돌려보냈다.

'과연 내가 저 사람들의 기대를 받을 만한 가치가 있는가?'
텅 빈 사무실에서 가장 먼저 떠오른 생각이었다.

권력에 대한 욕망이 있었음을 부정할 수는 없었다. 그러나 곰곰이 생각해도 그것만은 아니었다. 애당초 내가 정치에 뛰어들 결심을 하게 된 것은 정치가 행정보다 우월한 힘을 가진 현실에서 공무원으로서의 한계를 자각했고, 행정 일선에서 일하며 절실히 느꼈던 문제점들을 입법기관에서 수정해 보고 싶었기 때문이었다. 그것에 관해서라면 누구보다도 잘 해낼 자신이 있었다.

선친의 대를 이어가겠다는 욕심도 있었다. 돈과 명예의 유혹이 아무리 크다 할지라도 국회의원의 지위를 이용해 치부를 하거나 나 자신의 명성을 높이는 데 혈안이 되지 않을 자신이 있었다. 또한 잘 알지도 못했던 당원들이 석 달 만에 나를 신뢰하게 만들었을 정도로 성실성만큼은 자신 있었다.

내가 패배한 이유는 너무나도 명백했다. 선거를 전혀 몰랐다는 것이 가장 근본적인 한계였다. 선거를 치르고 나서야 깊이 깨달았다. 선거란 내가 사람들에게 실제로 어떤 평가를 받고 있는지, 내 경력과 삶이 타인에게 어떻게 받아들여지는지, 나란 존재를 바닥까지 드러내는 일이었다.

첫 선거는 내 삶 전체에 대한 현실적인 평가의 기회였다. 그런데 나라는 사람이 출마했다는 것을 알리는 데만도 석 달은 너무 부족한 시간이었다. 시간을 투자하지 않고 손쉽게 이룰 수 있는 일이란 세상에 존재하지 않는다.

더구나 정치판에서 나를 알리는 차원은 걸음마 수준에 불과했다. 조직을 관리하고 확장하는 일, 사람들의 마음을 내게 끌어오는 일, 홍보 전략을 짜는 일 등에도 상당한 노력과 노하우가 필요한 것이었다.

패배 후에 얻은 소중한 깨달음이 또 하나 있었다. 패배의 자욱한 먼지가 가라앉은 뒤에야 선명하게 드러났다.

나의 최후의 보루.

이 세상 전체가 나를 등진다고 해도, 마지막까지 내 편에 서줄 사람들.

나의 가족.

결사반대하던 아내는 물론 자기 일만으로도 바쁜 형들까지 틈만 나면 진천으로 달려왔고, 막내 동생은 아예 회사에 휴가를 내고 선거일에 달라붙었다.

하나같이 초보라 어설펐지만 우리 형제들이 선거판에 뛰어들어 유인물을 돌리고 사무실에서 전화를 받고 각자 역할을 다 했던 것은 정치가 좋아서가 아니었다. 오직 나에 대한 사랑 때문이었다.

선거에 패배하고서야 그 사랑에 한없이 미안하고, 내 무모한 도

전에 가족들을 끌어들인 것이 부끄러웠다. 동시에 내 가족의 사랑
이 얼마나 깊은지 마음속 깊이 느낄 수 있었다.

비록 선거에는 졌지만 나는 아직 진 게 아니었다. 변치 않을 내
사람들이 나를 지켜봐주고 있으니. 나는 그들 덕에 더욱 단단해진
결심으로 힘내어 일어설 수 있었다.

희망의 씨를
뿌리는 사람

# 1

# "덕분에 2등을 했습니다"

1992년 첫 번째 나선 총선에서 낙선하고 며칠 뒤 우리 부부는 함께 진천으로 내려갔다. 그동안 우리를 위해 애써 준 사람들을 일일이 찾아다니기 위해서였다.

"그동안 성원해 주셔서 감사합니다. 덕분에 2등을 했습니다."

사람들은 당황하는 눈치였다. 떨어졌다고 낙선 인사 다니는 사람은 우리가 처음이었던 것이다. 낙선 인사는 '여기서 포기하지 않겠다'는 나의 결심을 알리는 것이었다. 그리고 그것은 내가 처음으로 스스로 생각해서 실천한 정치인으로서의 첫 발걸음이었다.

선거 때 앞장 서준 분들에게 인사를 끝내고 우리 부부는 진천-

음성 지역의 5만 분의 1 지도를 준비했다. 아내와 지역을 나누어서 낙선 인사를 다닐 요량으로 산 것인데, 지도를 자세히 들여다보다가 낯이 뜨거워졌다. 내 지역구의 지명인데도 모르는 이름이 많았던 것이다.

떨어진 게 당연하다 싶었다. 지역구의 동네 이름은 물론, 그 동네가 어디에 붙어 있는지조차 모르는 국회의원이 지역구 일을 제대로 할 수 있었겠는가. 그런 상태에서 당선이 되었더라면 나는 결코 좋은 정치인이 될 수 없었을 테고, 단 한 번 당선으로 정치인생은 끝나고 말았을 것이었다. 하늘이 준비한 일에는 모두 나름의 뜻이 있다고 하더니, 나의 낙선에도 깊은 뜻이 있었던 것이다. 순간, 가슴 밑바닥에 남아 있던 낙선의 열패감이 당연함과 감사함으로 바뀌고 있었다.

나와 아내는 매일 아침 각자 방문할 마을 몇 개를 정해서 이야기한 다음 헤어지곤 했다. 하지만 농번기가 시작되어 마을에 들어가 봤자 나를 반기는 것이라고는 개 짖는 소리뿐이었다. 시골 사람들은 어찌나 일찍 일어나는지 아홉 시에 가도 없고, 여덟 시에 가도 마을에서는 사람을 만날 수가 없었다. 만나려면 그들이 일하는 곳으로 찾아가야 했다.

일하는 논밭이 길가라면 그날은 운이 좋은 날이었다. 차가 다니지 못하는 좁은 농로뿐인 안쪽 깊숙한 곳일 경우에는 차를 길가에 세워 두고 한참을 걸어 들어갈 수밖에 없었다. 어떤 때는 논도 감 지덕지였다. 산비탈 꼭대기 밭에서 머리에 쓴 흰 수건이 얼핏 보일 때마다 등산 코스에 가까운 오르막길을 올라야 했다.

이른 아침 드링크제가 든 비닐봉지를 달랑 들고 논두렁 잡초에 내려앉은 이슬에 바지를 흠뻑 적시며 걷노라면 경제기획원 공무원 시절의 사무실과 의자가 생각나기도 했다. 비라도 내린 다음날은 신발에 철퍽철퍽 엉겨 붙은 진흙 때문에 어기적거리며 걷는 게 생각 이상으로 힘들었다.

그런 나날들이 하루 이틀 쌓이자, 비로소 나는 지역구 주민의 삶을 한번 느껴보는 정도를 넘어서서 어느새 그들의 삶 속으로 한 걸음 두 걸음 들어가고 있었다. 산비탈에서 일하는 아주머니 한 분이 눈에 보이면 익숙한 내 이웃처럼 반갑게 느껴졌다.

지역에 정치기반이라고는 없는 내가 단기간에 사람들 마음속에 깊은 인상을 남기려면 성실함 외에는 달리 방법이 없었던 것도 사실이다. 아내와 나는 요즘도 가끔 "우리가 건강한 게 그때 하도 걸어 다닌 덕분"이라며 웃는다. 그 4년 동안 버린 신발만 해도 몇 켤레나 되는지 알 수 없을 지경이었다.

내 차 트렁크에는 언제나 드링크제가 몇 상자씩 실려 있었다. 농사일로 땀이 줄줄 흐를 때 얼마나 고생하시냐며 음료수를 드리면 "어이 시원해"하며 아이처럼 좋아하는 모습이 지금도 눈에 선하다.

천 개가 넘는 마을을 일일이 돌아다니며 땀 흘려 일하는 농민들과 손을 잡으면서 나는 내 인생에서 가장 소중한 것을 얻었다. 하나님의 사랑의 품 안에서도 미처 깨닫지 못했던 것, 바로 사람에 대한 사랑이었다.

논밭에서, 집에서 농민들과 만날 때마다 나는 지난 선거에서 패할 수밖에 없었던 이유를 뼈저리게 실감하곤 했다.

그분들은 한 번도 본 적이 없는 사람에 대해서는 굉장히 낯설어 했다. 그러나 한 번이라도 만나서 술잔을 기울이고 정담을 나누면 금방 친구도 되고 형님, 아우도 되는 것이었다. 그렇게 얼굴을 익히고 그들의 삶 속으로 스며들어야만 마음을 얻는 것이다. 어디서 이름도 못 듣던 사람이 불쑥 후보자라고 나섰으니 당선될리가 만무했던 것이다.

나는 후보자라면 누구나 몸으로 뛰어 봐야 한다고 생각한다. 왜냐면 유권자들의 생활과 마음을 서로 알 수 있는 이웃이 먼저 되

234

어야 하기 때문이다. 유권자들의 속사정까지 속속들이 알고 있는 정치인은 잘못될 리가 없다는 것이 나의 지론이다. 오만한 엘리트 의식에 젖어있던 나를 새로 태어나게 한 것도 이처럼 발로 뛰는 과정이었다.

# 2
# 개척과 독학의 정치

낙선 후 마을을 돌아다닌 지 얼마 안 되었을 때의 일이다.

어느 마을에 갔더니 대부분의 집이 비어 있는 가운데 유독 한 집만 시끌벅적했다. 무슨 일인가 가봤더니 그 집 어귀에서부터 음식 냄새가 요란했다. 동네 사람들이 거기 모여 있었다.

"내일 이 집 아들이 결혼을 하잖아유."

모두가 모여 함께 음식을 준비하고 있는 것이었다. 덕분에 그날은 더 이상 다리품을 팔 필요 없이 잔칫집에서 한 마을 인사를 다 끝낼 수 있었다.

경조사만큼 사람들 만나기에 좋은 기회가 없었다. 경사라면 나한 사람이라도 더 찾아가서 함께 기뻐해 주니 좋은 일이고, 애사라면 혼자 겪는 큰 슬픔을 나 한 사람이라도 더 나누어주어 위로가 될 것이었다. 정치인인 나로선 그런 자리에서 여러 다른 사람들을 동시에 만날 수 있다는 이점도 있었다.

그 이후로는 주변 사람들을 통해 각 마을의 경조사를 빠짐없이 체크했다. 갑작스레 닥치는 애사와는 달리 결혼식이나 회갑연 등은 토요일, 일요일에 집중되었다.

따져보니 진천-음성을 합해 결혼식이다 뭐다 해서 봄, 가을에는 매주 30여 건 정도의 경조사가 있었다. 아내와 따로따로 행동한다고 해도 각자 매주 10건 이상을 뛰어다녀야 했다.

잔치의 경우에는 그 전날에 찾아가서 동네분들과 인사도 나누고 음식 장만도 같이 하면서 정담을 나눌 수 있어 좋았다.

인사말 "감사합니다. 덕분에 2등을 했습니다"는 자연스럽게 "축하드립니다" 혹은 "삼가 조의를 표합니다" 쪽으로 바뀌었다.

저녁 7시 이후에는 상갓집 출근이었다. 상가는 평일과 주말의 구분 없이 매일 2~3곳을 들렀는데 조문을 하고 나면 "어여 이리와. 막걸리 한 잔 혀."하는 목소리를 들을 수 있었다. 마을 사람들이 상갓집에 가득 모여 있는 것이었다.

지역구를 어떻게 다지고 사람들의 마음을 얻으며 조직을 만들어나가는지, 나에게 체계적으로 알려주는 사람은 여전히 없었다. 내가 소속했던 통일국민당이 없어졌기 때문이었다. 1992년 3월 총선을 치를 때에도 당으로부터 변변한 도움을 받지 못했는데, 그해 12월 대통령 선거에서 김영삼 후보가 당선되자 정주영 회장이 통일국민당의 문을 닫아버렸다.

당도 없고 조직도 없이 나 혼자였다. 정치 초보, 그것도 한번 도전했다가 낙선한 초보가 진천과 음성의 마을 곳곳을 다니면서 눈으로 익히고 귀로 들어가며 지역구를 개척하고 독학해야만 했다.

사실 경조사에 참석하는 일은 다 좋은데 딱 한 가지 먹는 일이 고역이었다. 잔칫집에서 내놓는 음식을 안 먹는 것도 예의가 아닌지라 어떤 때는 한 끼에 국수나 국밥을 두세 그릇 이상 먹을 때도 있었다. 나는 뭐든 닥치는 대로 잘 먹는 타입이고 김치랑 밥만 있어도 맛있게 먹으니까 그래도 사정이 나았다.

하지만 아내는 평소에도 입이 짧아 밥 한 그릇 비우기도 어려운 사람인데 가는 곳마다 음식을 사양하는 일이 가장 고역이라고 했다. 그래서인지 아내는 앉아서 먹느니 차라리 일어서 일손 돕기를 선택했다. 잔칫집 가면 일거리부터 찾는다고 했다.

시간이 흐르자 나를 만나면 아내 이야기를 꺼내는 사람들이 많아졌다.

"아, 그 고운 이 바깥양반 되시는구먼. 장가 한 번 잘 갔습디다. 사람이 어쩌면 그렇게 참하고 조신한지..."

아내 때문에 다음 선거에서 나를 찍기로 결심했다는 아주머니들도 많았다.

나도 이따금 일손 돕기에 동참했다. 대문을 들어서면 누군가 나를 아는 사람이 달려 나와서 귀한 손님이 왔다며 안쪽으로 안내해 주곤 했다. 하지만 나는 안쪽으로 향하는 대신 마당에서 전을 부치는 아주머니들 옆에 곧잘 쭈그려 앉곤 했다.

"야, 이거 재밌겠네, 그것 좀 줘 봐요, 나도 한 번 해 보게."

아주머니에게서 뒤집개를 받아 들고 어울려 이런저런 얘기를 나누는 게 즐겁고 재미있어서 그런 것인데 그런 내 모습을 사람들은 좋게 봐주었다.

1년이 채 지나지 않아 '젊은 사람이 국회의원 후보답지 않게 진솔하고 소박하다'는 평이 돌았다. 기쁨 혹은 슬픔을 함께 하며 마음과 마음을 이어주는 잔칫집과 초상집. 나는 소박함과 진실함으로 사람들의 마음속에 스며들었던 것이다.

그것은 표나 당선의 차원을 넘어선 '어울려 살아가는 삶'의 문제였다. 내가 독학으로 익힌 정치는 그런 삶의 현장에 있었다.

그렇게 이 마을 저 마을을 다니다가 간혹 말이 통하는 사람들을 만나게 된다. 그런 분들에게 전화도 하고 안부도 물으면서 친해졌고 각 마을 단위의 조직을 구성해 나갔다. 4년 동안 발로 뛰어다니며 그렇게 만든 조직을 탄탄하게 다져 나갔다.

마음과 마음으로 맺어진 이웃들은 다음 선거에서 내 편이 되어 주었다. 그들의 우애와 신뢰는 돈으로는 결코 살 수 없는 값진 것이었다.

# 3

# 아버지, 38년 만에 저도 여기에 섰습니다

새벽 5시에 가보아도 이미 집에 없는 분들이 많았다. 일찍부터 논밭에서 일하는 분들에게 가서 인사를 하고, 낮에는 인삼 심는 일도 거들고, 저녁에는 상가를 돌아다니다가, 11시쯤 돌아와 쓰러져 잠드는 생활을 4년 동안 이어갔다.

주민들과 대화를 하다보면 채 20분도 되기 전에 내 걱정 해주는 말을 듣곤 했다.

"아니, 그 좋은 직장을 왜 그만 두고 나와서 이 고생을 하남유?"

가장 많이 들었던 이야기였다. 나중에는 이렇게 이어졌다.

"진짜, 너무 열심히 하네. 그런디... 당선은 어려울 틴디... 뭐러 이런 고생을..."

몇몇 어르신은 속내를 털어놓고 걱정을 해주기도 했다.

"(당신도) 이젠 진짜배기 진천 사람이 된겨. 근디 진천은 인구가 6만밖에 안 하는디, 음성은 9만이나 되잖여. 그러니 20년 동안 진천에선 국회의원이 안 나온 거 아녀? 게다가 참..."

당시 현역 의원이 음성 출신에 육사 13기, 노태우 전 대통령의 측근이라는데 새파랗게 젊은 당신이 그분을 이기는 게 가당키나 하겠냐는 얘기였다.

1996년 15대 총선은 4월 11일에 치러질 예정이었다. 그런데 선거 4일 전에 KBS에서 전화가 왔다. 선거 직후 각 정당에서 한 커플씩 국회의원 당선자 부부를 출연시켜 요리 프로그램인가를 찍는다고 했다.

"아니, 무슨 말씀입니까? 선거가 아직 나흘이나 남았는데 TV 출연이라니요? 당선이 되면 생각해 보겠습니다." 그런데도 출연할 의사가 있는지만 알려 달라고 했다.

나중에 알고 보니 각 방송사별로 사전 조사가 진행되었는데 내가 충북 지역에서 가장 확실한 당선권자라는 것이었다. 미리 섭외를 해놓는 것이었다.

선거 당일의 출구 조사 결과도 역시 내가 득표율로 1위라고 했다. 개표도 시작되지 않았는데 당 사무실은 이미 자축 분위기였다. 그렇지만 나는 당선이 유력하다는 게 믿어지지도, 실감이 나지도 않았다. 밤 아홉 시경 여러 방송사로부터 당선자 인터뷰 요청이 왔다. 당선이 확실하므로 먼저 인터뷰를 시작한다는 것이었다.

개표 방송에서 내가 앞서고 있긴 했지만 안정권이 아니라 당황스러웠다. 그러다가 밤 11시가 넘어서자 차이가 분명해졌다.

"어려울 틴디"라는 비관적인 전망에도 불구하고 내가 당선될 수 있었던 이유는 첫째 내가 젊기에 변화를 갈망하는 주민들의 열망에 부응하는 후보였다는 점이 컸고, 두 번째는 음성 사람들조차 나를 볼 때마다 "저 정도면 찍어줘야 하는 것 아니냐"고 할 정도로 4년 동안 꾸준하게 열과 성을 다 했던 게 좋은 평가를 받았을 것이다.

마지막으로 '자민련 훈풍'을 꼽을 수 있겠다. JP가 주도해 창당한 자민련 공천으로 출마한 게 주효했다. 자민련은 신생 정당임에도 불구하고 총선에서 50석을 확보하는 기염을 토했다. 이런 삼박자가 모두 맞아 떨어져 당선이 된 것이었다.

드디어 국회의원이 되었다! 마음속의 기쁨은 넘쳐흘렀지만, 한편으론 앞으로의 일들이 걱정스러웠다.

지난 4년간 열심히 뛰었다지만, 지금부터는 또 다른 시작인데 과연 잘해낼 수 있을 까? 나를 믿고 찍어준 유권자들을 위해 내가 할 수 있는 일이 과연 무엇일까? 온갖 상념들로 머리가 어지러웠다.

그러다가 "여기선 당선되기 어려울 것"이라던 사람들의 체념 섞인 반응이 떠올랐다. 귀가 아플 정도로 들었던 말이었다. 처음엔 기운이 빠지기도 했지만 '아직 갈 길이 멀다'는 신호로 받아들여 매일 새벽에 잠을 떨쳐내는 동력으로 삼았다.

포기하지 않기를 잘 했다는 생각이 들었다. 그것은 '반드시 이루고 싶다면 실패하더라도 포기는 하지 말아야 한다'는 각성이기도 했다. 실패했다고 주저앉아 버리면 그것으로 끝이지만 다시 추스르고 꾸준히 나가다 보면 언젠가 다시 기회를 만나게 되어 있는 것이다.

당선이 되고 나서 서울로 올라왔더니 큰 애가 "고등학교에 들어갔다"고 했다. 깜짝 놀라서 "아니, 언제 그렇게 컸냐?"고 물었다가 이내 실수한 걸 깨달았다. 선거에만 신경 쓰느라 자식이 한창 자라는 모습을 제대로 지켜보지 못한 것이었다. 아내에게도 애들에게도 미안했다.

아내와 함께 용인 아버지 산소에 잔을 올리고 절을 했다.

1958년 4대 때 처음 출마해 당선된 곳이 바로 진천이었다. 그리고 아들인 내가 38년 만에 진천에서 당선되었다.

아버지가 이 모습을 보셨더라면 얼마나 좋아하셨을까. 1985년에 돌아가셨으니 11년만 더 살아계셨더라면. 행정고시에 합격했을 때 그렇게 기뻐하셨는데.

15대 국회 초선의원 시절, 대정부 질문하는 장면(1996년)

국회의원 당선에 감사하는 마음으로 예배를 드렸다(1996년 5월)

# 4

# 초선이지만 '국회의 경제통'

　어느 위원회에 소속되든 농촌문제에 대해서는 전문가여야겠다는 것이 국회에 첫발을 내디딜 당시의 내 결심이었다. 농촌정책에 특별히 관심을 기울인 것은 지역구 때문이기도 했지만, 국가적 이익과 배치되는 것이었다면 그토록 열을 올리지는 못했을 것이다.

　선거를 준비하는 동안 매일같이 농민들의 문제, 농민들의 아픔을 보고 느꼈다.

　지역구 주민들의 쌀 수매 현장에 처음 따라가 봤을 때였다. 수매가가 얼마 차이가 안 나는데도 농민들은 한 등급이라도 잘 받기 위해 추운 겨울날 발을 동동 구르면서 검사관의 눈치를 살폈다. 옆에서 보던 나도 가만있을 수가 없어 검사관에게 같이 매달렸다.

　그게 조금은 통했는지 한 농부가 "덕분에 모두 1등급을 받아 고맙다"며 나에게 연신 허리를 굽혀 인사를 했다. 돈도 그렇지만 1년 농사의 보람이기도 했을 것이다. 그는 농사의 고달픔을 달래겠다는 듯 "가는 길에 막걸리 한 잔 걸쳐야겠다"고 발걸음을 옮겼다. 나는 그의 뒷모습을 보면서 농민을 힘들게 하는 정책만은 막아내야겠다고 결심을 했다.

IMF 구제금융의 한파가 사회 전역으로 번지던 1997년 연말, 김대중 대통령 당선 직후 대통령직 인수위원회가 구성되었다. 나는 초선 의원임에도 자민련 대표 자격으로 인수위 경제1분과에 참여했다. IMF는 우리나라에 고금리 정책을 요구했고 인수위에선 농협의 대출 금리도 시중은행 금리에 맞추어 5퍼센트에서 8.5퍼센트로 올려야 한다는 안이 제기되었다.

나는 정부안에 강력히 반대했다.

"농협 빚을 지지 않은 농가가 전무한 상황에 대출금리까지 오르면 농민들의 생활에 치명적인 영향을 미칠 것이 분명합니다. 더구나 농가 부채의 압박은 농산물 가격 상승으로 이어질 것이고 그 파급효과는 전 국민의 생활영역으로 확대될 겁니다."

가뜩이나 도시 위주의 정책으로 농촌 경제가 파탄지경에 이른 상황에서 금리까지 오른다면 농민들이 살아갈 의욕을 상실할 수도 있다는 걱정이었다.

나는 타 금융기관과의 형평성을 고려해 6.5퍼센트의 금리를 제안했다. 기나긴 설전 끝에 인수위는 7.5퍼센트 인상 조정안에 합의했지만 나는 그 정도로 만족할 수가 없었다.

결국 국회 예결위에서 제1차 추경 심사 때 질의와 설득을 통해 나의 주장대로 6.5퍼센트의 인상안을 통과시키는 데 성공했다. 금리를 인상할 경우 약 2천억 원에 이르렀을 농민들의 부담이 조금이나마 덜어진 셈이었다.

인수위에 참여하기까지 나는 환경노동위원회, 여성특별위원회, 정치개혁입법특위를 거쳐 예산결산특별위원회에서 일했다. 그 후 자민련 환경보존위원회 위원장이 되고 김대중 대통령 당선 이후 재정경제위원회 소속이 되면서 'DJ시대 파워 엘리트'란 평가도 들으면서 국회 내에서 경제통 역할을 담당하게 되었다.

경제부처에서 일한 경험을 살려 의원으로서 첫발은 무난한 점수를 받았다. 하지만 여러 위원회에 소속되어 일하면서 내게는 더 많은 공부가 필요했다. 변화된 시대가 전문성을 요구하므로 국회의원 또한 여러 현안에 대한 전문가 못지않은 지식과 비전을 갖춰야 했다. 공부하는 것 외에는 달리 방법이 없었다.

# 5

# 남들은 놀러 가는 하와이에서 진땀을

1983년, 경제기획원 생활에 제법 익숙해져 갈 때였다. 고시 선배 한 분이 미국 하와이대학에 유학을 떠나는 과정을 보면서 나스스로를 되돌아보게 되었다. 우리나라 경제를 이끌어가는 한 축, 경제기획원에서 일을 하고 있지만 경제학이라는 학문을 전문적으로 공부해본 적은 없었다.

내가 전공한 법학과 행정학만으로는 업무를 수행하는 데 있어서 거시적인 안목을 갖고 추진하기 어렵다는 생각을 했다. 이왕 평생을 경제 관료로 살 생각이라면 전문적이고 거시적인 안목을 가진 공무원이 되어야 했고 그러기 위해선 경제학 공부가 필요했다.

'그래, 지금이 기회다. 경제학을 깊이 공부하고 선진국의 경제

시스템과 그들이 살아가는 모습을 체험해보자.'

　내 마음은 이미 유학 쪽으로 기울고 있었다. 하지만 평소와는 달리 이번엔 결단이 빨리 내려지지 않았다. 이대로 적당히 적응하면서 살다 보면 때가 되어 승진도 하게 될 테고 남부럽지 않을 만큼은 살 수 있을 것이다. 오히려 유학으로 몇 년간 자리를 비우는 쪽이 승진에는 불리하지 않을까 하는 생각도 들었다.

　그러나 내 나이 서른, 주저앉고 싶은 마음에 이러 저런 변명거리를 찾아내기에는 아직 젊었다. 도약을 위해선 먼저 움츠려야 하는 법이 아닌가?

　긴 고민 끝에 드디어 유학을 결심하고 우선 아내에게 결심을 말했다. 아내는 당황하는 기색이 역력했다. 안정된 직장을 가지고 있는데도 굳이 유학을 가겠다는 발상부터가 당혹스러운 모양이었다. 아내 입장에서 그보다 더 걱정되는 건 낯선 이국에서의 생계유지 문제였다. 넉넉하지 않은 월급으로 살아왔는데 그것마저 끊기면 이국땅에서 애들까지 데리고 어떻게 살아갈지 막막하기도 했을 것이다. 그러나 아내는 나의 뜻을 따라 주었다.

　본격적으로 유학 준비에 들어갔다. 미연방기구인 동서문화센터의 장학생 선발 시험에 응시하기 위해 83년 12월 한미교육재단에서 서류와 인터뷰 심사를 하고, 84년 2월 TOEFL, GRE 성적을 보낸 뒤 두 달이 지나 합격통지서를 받았다. 기획원에서는 2년간 근무 처리를 해줘서 기본급은 나오지만 공무원의 기본급이라야 달러로 바꾸면 얼마 되지도 않는 금액이었다.

그나마 안심이 되는 게 하와이대 동서문화센터의 지원이었다. 월 1,100달러의 생활비 외에도 건강보험료를 별도로 주고 성적이 좋으면 박사학위 취득 시까지 4년간 장학금을 주는 제도도 있었다.

무엇보다도 하와이대 대학원 경제학과는 우리나라의 경제 관료나 한국은행 등 국책기관의 유능한 근무자들이 유학했던 곳이라는 메리트가 있었다.

부모님을 찾아뵙고 그동안의 과정을 말씀드렸다.

"자식, 입도 무겁구나. 일이 다 되고서야 말을 하니."

아버지는 허허 웃으며 좋아하셨다.

1984년 6월, 나는 혼자서 먼저 미국행 비행기에 올랐다.

막상 하와이에 도착하니 언제 공부해서 박사학위까지 마치나 하는 걱정이 들었다. 낯선 땅에서 홀로 새로운 삶을 개척하자니 적지 않은 불안감이 고개를 들었다. 유학생이라면 누구나 받는 영어 스트레스도 상당했다. 외국인은 반드시 거쳐야 하는 랭귀지 코스를 전공 수업과 병행하여 받는데 내용이 귀에 잘 들어오질 않았다.

처음엔 경제학 시험을 치를 때 과연 답을 영어로 쓸 수 있을까 고민이 많았다. 선배 유학생이 "질문을 몰라서 답을 못 쓰지, 아는 내용을 영어 때문에 못 쓰는 경우는 없다"고 했다. 정말 그랬다. 문제를 이해하면 어떻게든 답안지를 채워 나갈 수 있다는 것이 신기했다.

석사는 별도의 과정이 있는 것이 아니라 일정 과목을 이수하면 받을 수 있는 것이었다. 다만 박사과정은 필수과목과 분야(field)과목 2개 이상을 B학점 이상 받고 박사학위 자격시험에 합격해야 논문을 쓸 자격이 생겼다.

경제학을 하려면 무엇보다도 수학 실력이 많이 필요했는데 문과 출신인 나는 아무래도 부족했다. 필수과목인 응용통계학 시간에는 교수가 칠판 가득 수식을 쓰는데 도통 무슨 내용인지 알 수가 없었다. 궁리 끝에 서울 공대 출신으로 같이 유학 온 사람에게 특별과외를 부탁하여 일주일을 꼬박 배웠다. 그제야 개념이 이해가 되었다. 노트 한 장이 넘는 수식도 익숙해졌다. 시험을 넉넉하게 패스할 수 있었다.

유학 생활은 지극히 단조로웠다. 평일은 밤 12시까지 책과의 씨름이었다. 주말에는 테니스를 치고 2주일에 한 번 정도 유학생 모임에 나가 이야기를 나누는 것이 유일한 낙이었다.

2년 반 만에 박사 논문 제출 자격을 평가하는 종합시험에 합격했다. 그동안 필수과목을 부지런히 들은 것이 성과가 있었다. 지금 생각해 보면, 그 어려운 공부를 어떻게 해냈나 싶다.

정치인이 된 후에는 이때 공부한 전문지식들이 커다란 도움이 되고 있지만 당시의 나는 엄청난 노력과 인내, 그리고 상실감까지 견디면서 스스로와의 싸움을 벌여야 했다.

'지상의 낙원'이라는 하와이는 특히 아내에게는 '시련의 현장'이었다.

학교 도서관에서 공부를 하다가 저녁 먹으러 집에 오면 아내는 탈진 상태로 누워 있을 때가 많았다. 한창 자라는 두 아들이 종일 집안에서 난리 법석을 피우는 통에 잠시도 쉴 틈이 없는 데다 남편이라곤 집에 와서 피곤하다며 누워만 있으니 심적으로도 많이 힘들어했다. 시간이 좀 지나자 아내는 아이들 유치원 데려다주고 슈퍼 가서 장도 봐오고 소일거리도 찾으면서 미국 생활에 차츰 적응해 갔다.

그런데 이젠 아이들이 스트레스를 많이 받는지 집에 오면 둘이

싸우고 엄마한테 보채기 시작했다. 유치원에서 현지 아이들과 어울리자니 소통이 안 되는 스트레스가 심한 것 같았다. 그게 고스란히 아내에게로 갔다.

1985년 12월 초, 서울에서 전화가 왔다. 어머니께서 위독하시다는 것이었다. 어머니의 암 발견이 늦어서 수술을 받아도 안심할 수 없다더니 증세가 악화된 모양이었다. 비행기 표를 예약하려는데 아버지한테서 전화가 왔다.

"걱정 말고 하던 공부나 계속해라."

아버지 말씀에 그만 주저앉고 말았는데, 그 일이 평생의 한으로 남을 줄은 몰랐다.

크리스마스 다음의 토요일 오후 여느 때처럼 테니스를 치는데 아내가 헐떡거리며 달려왔다. 코트로 다가오는 아내를 발견하는 순간 온몸에 힘이 쭉 빠졌다. '어머니가 돌아가셨구나.' 그런데 아내의 말이 뜻밖이었다.

"아버님이 돌아가셨대요. 당장 들어오라고..."

"아니 뭐라고?"

귀를 의심했다. 건강하시던 아버지가 돌아가셨다니? 말도 안 되는 소리 아닌가.

아버지는 어머니가 병이 난 이후 완전히 달라지셨다고 한다. 곁에서 정성으로 어머니를 간호했고, 그토록 완고하셨던 분이 한 달 전에는 교회에 가서 안수까지 받으셨다고 한다.

어머니는 막내 집에서 병구완을 받고 계셨는데 그날도 아버지가 저녁을 함께 드시고는 신당동 자택으로 혼자 귀가하셨다고 한다. 편찮았던 기색은 없었다. 하지만 어머니의 병환에 마음을 쓰느라 너무 힘드셨던 것일까. 다음날 아침 뇌졸중으로 쓰러졌고 병원으로 옮긴 지 사흘 만에 세상을 떠나셨다.

아버지 임종도 못 본 죄인이 되어 장례를 치르고 다시 미국으로 돌아와야 했을 때의 심정은 이루 말할 수가 없었다. 하늘이 무너지는 슬픔, 막막함, 나를 이 세상과 연결시켜주던 묵직한 끈이 툭 하고 끊어졌을 때의 그 심정을 누가 알겠는가?

아버지에 대한 회한과 그리움을 삼키면서 책상 앞에 멍하니 앉아 있을 때가 많았다. 그러나 아버지께 자랑스러운 아들이 되겠다고 마음을 고쳐 잡고 다시 공부에 집중하곤 했다. 얼마 지나지 않아 서울에서 또 연락이 왔다. 어머니가 위독하시다는 것이었다. 이번에도 임종을 못 지키는 불효자가 될 수는 없었다.

박사 논문 자격시험에 합격하고는 아예 귀국해서 어머니의 곁을 지켰다. 언제 떠나실지 모르는 어머니 곁에서 조금이라도 더

하와이大 유학시절 두 아들의 모습(1985년)

많은 시간을 함께 하고 싶었다. 하지만 그 시간은 그리 길지 못해 얼마 지나지 않아 어머니마저 떠나가셨다.

　마음을 추스른 뒤에 국내에서 논문을 준비했고 1992년에 뒤늦게 박사 학위를 받았다. 하와이의 유학 생활은 많이 힘들었고 부모님까지 잃는 바람에 상심도 컸지만 그래서 더욱 생생하게 지금까지 마음속에 깊이 남아 있다.

Polynesian Cultural Center
Properties, Inc.

하와이 유학시절 가족 사진, 폴리네시안 문화센터에서(1985년)

258

# 6

# 청문회 스타의 품격

초선 국회의원으로 활동하던 시기 IMF 환란특위 조사위원으로 청문회에 자주 등장하면서 내 이름이 널리 알려지게 되었다.

1997년 연말에 IMF 사태가 발생했고 1년쯤 지나자 청문회를 열어야 한다는 얘기가 나왔다. 하지만 그 당시 집권당으로서 IMF 사태에 책임이 있는 신한국당이 청문회를 꺼리는 입장이어서 논의가 진전되지 못했다.

청문회를 하려면 제대로 해야 하는데 과거의 여당이 참여하지 않는 청문회라면 반쪽짜리 빈 껍데기로 의미가 퇴색될 것이었다.

그렇게 시간만 흐르던 1999년 1월, 나는 남미 페루에서 열리는 APPF(아시아-태평양의원포럼)에 참석하러 LA행 비행기에 올랐다. 남미는 초행이었는데 LA에서 페루까지 가는데도 서울~LA 만큼의 시간이 걸렸다.

페루에 도착해 이틀이나 지났을까. 서울에서 연락이 왔다.


"IMF 청문회 위원으로 선정되었으니 급히 와주시기 바랍니다."

사실 나는 IMF환란조사특별위원회 위원으로 선정되지 않기를 내심 바라고 있었다. 미증유의 외환 위기였기에 확실하게 짚어 다시는 이런 일이 없도록 교훈 삼아야 했다. 하지만 한편으로는 어쩌다 이 지경에 이르렀는지 끄집어내는 과정 또한 참혹하고 비탄이 절로 나올 게 분명해 내가 그 현장에 굳이 서고 싶지는 않았다.

내 입장에선 다른 딜레마도 있었다. 청문회가 열리면 선배 경제 관료와 지인들이 증인으로 많이 불려 나올 텐데 서로의 입장에서 난처할 수도 있겠다 싶었다.

하지만 박태준 자민련 총재가 "정우택을 반드시 위원으로 내보내라"고 지시를 했다고 하니, 당 차원의 일에 나서지 않을 수는 없었다.

다음날로 다시 힘들게 왔던 길을 역행하는 비행기에 올라야 했다.


IMF 청문회는 1999년 1월 중순부터 시작되었다. 청문회에서는 환란 발생의 원인, 당시 김영삼 대통령의 대응, 정부와 청와대 비서진의 위기관리 능력, IMF와 당시 임창렬 부총리가 취한 조치 등 짚어봐야 할 문제들이 산적해 있었다.

하루에 청문회의 각 위원에게 배정된 질의시간은 50분이어서 위원들은 증인 한 사람당 대략 10분 정도밖에 할애할 수 없었다. 그러나 나는 임창렬 부총리에게 30분을 배정했다.

임창렬 씨는 자신에게 배정된 30분에서 불리함을 느꼈는지 선수를 치려고 했다. 나의 첫 질의가 시작되자마자 "그 당시 상황을 설명하겠다"면서 내 질의 시간을 빼앗으려고 했다. 청문회에 서는 노련한 증인이 시간을 때워서 곤혹스러운 국면을 모면하는 노하우이기도 하다.

하지만 나는 미리 각오한 바가 있었다. 공직 선배이니 예의는 깎듯 지키겠지만 특별위원회 위원으로서 질의는 확실하게 하겠다는 생각으로 청문회에 섰다.

차트를 미리 준비해 책상 위에 세워 놓고 우리가 엄청나게 많은 돈을 IMF에 부채로 지게 된 과정을 조목조목 짚어나갔다. 핵심을 한눈에 들어오게 정리한 차트 형식의 질의는 IMF 청문회에선 내가 처음이었는데, 확실하진 않지만 청문회 사상 처음이었을지도 모른다.

차트로 짚어가면서 질의를 하고 증인의 대답을 요구하는 질의 방식이 전문적인 경제 영역에는 어둡던 국민들에게 듣기도 편하고 이해도 잘 된 듯했다. 그날의 설전(舌戰)은 기자들 사이에도 큰 이슈가 되었는지 어느 신문에선 "임창렬 저격수는 정우택"이라는 보도까지 나갔다.

청문회에서는 '칼만 뺀 혈투'를 벌인 임 부총리와 나는 청문회가 끝나 헤어지면서는 악수를 나누며 "나중에 저녁이나 하자"며 웃었다.

그 모습이 보도가 된 후 친구 사이에서도 퉁명스러운 반응이 꽤 있었다.

"그토록 공방전을 벌이고 나서 친하게 악수를 하면 국민이 보기에 쇼하는 거 같지 않냐? 우리가 볼 땐 안 좋게 보이더라."

하지만 내 생각은 달랐다. 공적인 문제를 따질 때는 매섭게 따져야 하지만 질의가 끝난 후 선배에 대한 예의를 갖추는 것은 결코 쇼가 아니다. 내가 청문회 위원이 되었다고 해서 인간적 관계까지 버리는 것은 바람직한 처신이 아니라고 판단했다.

그런 생각으로 경제기획원 선배들 중에서 증인으로 나온 분들에게 예의를 지키면서도 환란 사태에 대한 책임에 대해선 분명하게 짚고 나갔다. 공무원 선후배라고, 옛 상사라고 봐준다는 오해를 받아서도 안 되는 일이었고, 또한 실제로 그래서는 더욱 안 되는 일이었기에 공(公)과 사(私)를 분명히 하면서 최선을 다하였다.

청문회 이후 미디어에서는 나를 말 잘하는 의원, 논리적인 의원으로 추켜세우면서 '청문회 스타'라는 타이틀까지 얹어주었다.

청문회에서 우리나라 경제를 망친 원인을 파악해 역사의 교훈으로 남기기 위해 감정보다는 논리를 앞세운 질문을 하려고 노력했다.

청문회 이후 방송 토론 프로에도 자주 나가게 되었는데, 초선의원인 내가 논리적인 의원으로 칭찬받으면서 우리 국회나 사회에서 토론문화가 더욱 활발해져야 한다는 생각을 갖게 되었다.

각종 회의에 참석하기 전에
자료를 검토하고 준비하고 있다
(2000년)

회의에서 발표하기 전 리허설(2000년)

# 7

## 눈물 꽃이 피어난 편지

충북도지사로 바쁘게 일하던 2008년 12월 10일. 언론에 예상치 못했던 기사가 실렸다.

2년이 넘도록 소문 안 나게 지켜왔던 비밀이 언론에 공개된 거였다. 추가 보도 자제를 요청한 결과, 당시에는 더 이상 부각되지 않고 넘어갈 수 있었다.

사실, 기부는 2006년 도지사에 당선된 지 석 달 정도 지났을 즈음에 불현듯 생각이 나서 시작한 일이었다.

"월급에서 매달 기부를 하려는데 어디가 좋을까요?"

복지 담당 국장에게 물었더니 며칠 알아본 그가 초록우산재단을 추천했다. 소년소녀 가장들을 주로 돕는 단체라고 했다. 부모

265

를 잃은 아이들이라니, 주저할 이유가 없었다.

월급 통장에서 매달 500만 원씩 초록우산 충북지역본부에 송금이 되도록 자동이체를 신청했다. 내 신원이 밝혀지지 않도록 '송금한 사람' 항목에 익명으로 '더불어 함께'로 표기하기로 했다.

기부금이 실제 어떻게 쓰이는지 알지 못했다. 그 돈이 매달 25명의 학생에게 20만 원씩 전달됐다는 사실도 언론 보도를 보고 알았다. 초록우산재단 충북지역본부장이 매달 500만 원씩 들어오니까 '단체나 기업일 것'이라고 생각해 고마움을 전하는 한편, 사용 내역을 설명하기 위해 익명의 기부자를 수소문했던 것이 어찌어찌 언론에까지 전해진 모양이었다.

나로선 그 이후에도 한 달에 500만 원씩, 전부 합해 45개월(도지사 임기 4년-48개월 중에서 첫 3개월 빼고)을 자동이체했으니까 2억 2천500만 원을 소년소녀 가장들을 위해 기부한 셈이다.

2009년 어느 날, 지사실에 출근하니 책상 위에 웬 편지가 놓여 있었다. 노란 메모패드 종이에 깨알 같은 글씨로 빼곡하게 쓰인 편지였다. 물방울이 몇 방울 떨어진 것 같은 배경 그림이 이채로웠다.

학생은 중학교 2학년 때 어머니에 이어 고등학교 1학년 때 아버지마저 잃었다고 했다. 동생하고 둘이 지내다가 하루하루가 너무 힘들고 희망이 보이지 않아서 죽어버릴까 몇 번이나 고민했다고 한다.

그런데 마침 도움의 손길을 받게 되면서 생각이 차츰 바뀌었다. 지원해주는 돈을 생활비에 보태어 요긴하게 쓰면서 마음이 흔들릴 때마다 도와주신 분들의 마음을 생각하면서 힘을 냈다는 이야기였다.

그러다가 대학교에 입학을 하게 되었다. 대학 진학은 꿈도 꾸지 못했었는데 매일 부지런히 살다 보니 그런 날도 오더라는 것. 운명을 바꿔준 아저씨를 평생 잊지 못할 것 같다, 열심히 공부해서 나라에 도움이 되는 사람이 되겠다는 내용이었다.

편지를 읽다 보니까 처음엔 물방울로 보였던 부분이 눈물자국이란 걸 알게 됐다. 눈물이 꽃으로 피어난 편지였다.


그날 깊은 감명을 받았다. 내가 보탠 작은 정성이 다른 누군가의 운명을 바꿀 수도 있다는 깨달음과 함께였다. 누군가로부터 정성과 보살핌을 받는다면 응당 반갑고 기쁜 일이지만, 그것을 타인에게 베풀고 그 보람을 발견할 때의 희열 또한 자부심을 동반하는 감동이 그 이상이 아닐까 한다.

충북 도지사 재선에 실패한 후 택시 운전을 해서 벌은 첫 수입 50만 원(택시회사 대표이사가 내게 주었던 일종의 수고비)도 초록우산에 기부했다.

2012년 국회의원에 다시 당선된 이후에도 초록우산재단과의 인연이 이어져서 2020년까지 매달 자동이체로 기부를 했다. 다만 국회의원으로 돌아가니 돈을 쓸 곳이 많아져 이체 금액을 50만 원으로 줄여야 했다.

　2020년 어이없는 공천으로 총선에 낙선한 뒤 정치를 접기로 결심하고 집에서 쉬고 있는데 초록우산재단 충북지역본부장이었던 분으로부터 전화가 왔다. 서울 본부장으로 있다고 하면서 점심을 함께 하자는 거였다.

　이런저런 이야기를 하다가 기부 주제로 이어졌다. 국회의원에 낙선하는 바람에 월급이 나오지 않으니 자동이체도 끊어졌던 터였다.

　본부장이 "조금씩이라도 기부를 계속하시는 게 어떻겠냐?"고 권했다. 금액이 많지 않아도 정기적으로 이어지는 게 중요하다고 했다. 한 번에 큰 금액을 하고 손을 떼는 것보다는 매달 적더라도 지속하는 쪽이 재단으로서도 예측이 가능하고 혜택을 받는 쪽에도 안정적이라는 설명에 수긍이 갔다.

　백수 생활을 하면서 매달 10만 원씩 자동이체로 기부를 했고, 다시 국회의원이 된 지금도 그 작은 정성을 이어가고 있다. 노블레스 오블리주는 작은 마음이 다른 사람에게 큰 도움과 가치로 작용할 수 있는 멋진 사회적 감동이다.

# 8

# 어머니께 배운
# 노블레스 오블리주

　자라면서 어머니가 화 내시는 모습을 본 기억이 없다. 어머니는 정치인의 아내로 한평생을 보내면서 도를 닦고 계셨던 게 아닌가 싶다.

　언젠가 한번은 아버지가 직원분을 혼내는 대화를 들은 적이 있다. 그가 실수를 한 것 같았다. 잠시 후 어머니가 그 직원을 구석으로 불러 다독이는 모습이 보였다.

　"OO 씨를 얼마나 아끼시는데요. 뭔가 잘 안되니까 본인이 속이 상해서 저러시는 거예요. 금방 풀릴 테니까 너무 서운하게 생각하지 말아요."

　다음 날 아버지와 그 직원 분이 웃으면서 대화하는 모습을 볼 수 있었다. 어머니는 주변 누군가가 힘들어 하거나 기분이 안 좋

269

으면 조곤조곤 대화로 풀어주시곤 했다.

어머니는 공주의 부잣집 박 씨 집안의 외동딸이셨다. 수도고녀 (여고)를 나오고 1937년 21살 때 세 살 위인 아버지와 결혼하셨다.

내 아내도 그렇지만 우리 어머니 역시 공직자 남편을 만나 나름 안정적인 생활을 하다가 남편이 샛길(?)로 빠지는 바람에 정치인의 아내가 되셨다. 남편이야 뜻이 있어서 스스로 험난한 삶을 선택했다지만 아내 입장에서 남편의 변신은 날벼락과도 같았을 것이다.

우리 집에 하루라도 식객이 끊이는 날이 없었다. 정치권 손님 외에도 온갖 일가친척에, 지역구 당원은 물론 서울에 들른 동네 사람들까지, 늘 손님이 북적거렸다. 많은 이가 들락거리다 보니 집 대문은 언제나 활짝 열려 있었다. 더군다나 끼니 때우는 것마저 여의치 않던 시절이어서 우리 집을 찾는 사람이면 누구든 식사는 해결해 보내야 했다.

그러니 어머니는 마음 놓고 앉아 쉴 짬도 못 내셨다. 여러 사람이 들락거리는 시간도 제각각이어서 아침조차 여러 번을 차리고 물려야 했다. 아침 설거지를 하는 한편으로 옆에서는 점심상이 준비되곤 했다.

손님은 한밤중에도 시도 때도 없이 찾아오기 때문에 어머니는 그런 경우를 대비해 밥과 반찬을 언제든 차릴 수 있게 준비해 놓으셨다. 일을 도와주는 분도 있었지만 손이 가야 하는 곳이 워낙 많은 탓에 어머니께서 전부 나서지 않으면 집안이 돌아가지 않았다. 얼마나 고생을 하셨던지 어머니는 마흔 넘어서부터 관절염으로 심하게 고생을 하셨다.

한때는 남자들이 흰 양복을 입는 게 유행이었던 적이 있다. 어머니는 새벽 3, 4시까지 빨래와 다리미질을 하셨다. 어머니는 빨래를 다림질한 뒤 가장 마지막에 늘 돈을 다리셨다.

우리 집에 머물다 가는 사람들의 여비를 챙겨 주기 위해서였다. 여비는 안 줘도 그만일 것 같은데 손님을 빈손으로 보내기 서운하셨던 모양이었다. 물론 큰돈은 아니었다.

내가 어머니를 도와 그 돈을 몇 장씩 분류해 봉투에 넣은 적도 있다. 어머니는 돈 봉투를 준비해놓았다가 급작스레 누가 떠난다고 인사를 하거나 급히 용돈이 필요하다고 하면 깨끗한 봉투로 건네주셨다.

늘 바쁘고 고단한 어머니가 안타까워서 이렇게 항의를 해본 적이 있다.

"힘들게 뭐 그렇게까지 하세요? 돈은 그냥 주면 되는 거지, 다리미로 잘 다려서 줄 필요가 있나요? 어차피 사람들은 신경도 안 쓸 텐데요."

그러자 어머니는 이렇게 말씀하셨다.

"사람 마음이란 어떻게든 다 전해지게 마련이란다. 얼마 안 되는 액수지만 구겨진 돈이 아니라 이렇게 작은 정성이라도 담아서 주면 받는 사람도 기분이 좋을 테고, 내 마음과 이 돈의 의미를 한 번은 더 생각해 볼 것 아니겠니?"

아버지께서 정치를 하시는 동안 많은 사람들이 아버지를 보필하며 존경했던 배경에는 어머니의 이런 깊은 마음 씀씀이가 상당 부분 있었을 거라고 본다.

사회에 나와서 나도 모르게 어머니를 따라 하며 어떤 심정인지 깨달은 때가 있었다.

경제기획원 사무관 시절, 같이 일하던 6급 주사(지금은 주무관)가 승진 시험을 앞두고 두 달간 휴가를 냈었다. 그의 빈자리가 허전하기도 하고 공부는 잘되나 궁금하기도 해서 어느 날 점심시간에 짬을 내어 그의 집으로 찾아갔다.

성성한 수박 한 통과 포도 상자를 사들고 갔는데 그는 집에 없었다. 도서관으로 공부하러 갔다는 것이었다. 부인에게 인사만 하고 그냥 돌아왔는데, 휴가가 끝나고 돌아온 그와 부쩍 친해졌다. 나에겐 자그만 마음 씀씀이였지만 그와 가족에게는 따뜻한 정성으로 여겨졌던 듯하다.

나 역시 보살펴주는 마음들을 나누어 받아 오늘 여기까지 그 덕택에 달려올 수 있었다. 소박하지만 따뜻한 마음에 감동받을 때마다 나 또한 그런 마음을 주변에 전하고 있는지 되돌아보게 된다.

어머니의 '진정한 마음으로 배려하는 지혜'가 바로 노블레스 오블리주였다는 것을 나이가 한 살 들어갈 때마다 더욱 깊게 느낀다. 공주의 부잣집 딸이었던 어머니는 서울에서 최고의 부자로 살아가셨던 것이 아닌지... 마음의 부자로!!

어머니. 서소문 자택 정원에서

헌신과 희생을 실천으로 보여준 내 영원한 이상형 어머니

# 9

# 나의 두 번째 좌우명

2004년 17대 국회의원 선거를 통해 3선에 도전했다.

그런데 선거(4월 15일)를 한 달여 앞두고 정치권은 '탄핵 정국'의 소용돌이로 말려들어갔다. 3월 9일 두 야당의 원내대표 주도하에 노무현 대통령 탄핵소추안이 발의되었고 3월 12일 재적의원 271명 중 193명 찬성으로 가결되었다.

모든 이슈를 대통령 탄핵이 블랙홀처럼 빨아들였고 나라 전체 가 들썩이기 시작했다.

내 지역구(진천·음성·괴산)는 선거가 한 달여 남은 3월 초까지도 다른 당에서 누가 출마한다는 이야기조차 들리지 않으니 이상한 일이었다.

당시 한나라당 공천심사위원회 간사를 맡고 있던 홍준표 의원에게 물어보았다.

"우리 지역구에는 귀 당에서 누가 출마하나?"

"우리 당 내부적으로 여론조사를 해보니까 정 의원 지지율이 68퍼센트나 나와서 대항마로 공천할 사람이 마땅치 않네."

지역구를 돌며 인사를 할 때도 지역 분들 반응이 한결같았다.

"왜 돌아다니고 그려? 가만있어도 당선인디."

"전국 득표율 1위일 틴디, 3선은 이미 정해진 거나 다름없는 거 아녀?"

다른 당의 누군가가 평소 다니는 사람도 없었고 선거가 한 달여 남았는데 도전하는 사람도 없었다.

당선을 꿈꾼다면 1년 전, 아무리 늦어도 5~6개월 전에는 마을 곳곳을 돌아다녀야 정상이었다. 내 '뼈저린' 경험으로도 그랬다. 첫 출마 때 선거에 임박해 활동을 시작했다가 낙선하고서야 지역 사정을 이해하게 됐으니 말이다.

같은 야당 처지인 한나라당이야 그럴 수도 있다지만 여당인 열린우리당에서도 아무런 기미가 없는 게 이해하기 어려웠다.

'일찌감치 발품을 팔아야만 한다'는 대목은 지역구의 특성을 이해해고 나면 수긍할 수밖에 없는 포인트다.

진천군·음성군·괴산군은 면적이 상상 이상으로 넓다. 진천이 414.59㎢이고 그보다 넓은 음성은 520.40㎢, 가장 넓은 괴산이 무려 842.1㎢에 이른다. 괴산만 해도 서울특별시 전체 면적보다 넓다. 3개 군을 전부 합하면 1,777.09㎢에 달한다.

서울의 면적이 605.21㎢이니 그 세 배에 가까운 지역을, 한 달 남짓 남은 시간 동안 돌아다니는 건 물리적으로 불가능한 게 사실이었다.

그러니 "다른 당에서 이제 출마를 한들 소용이 없다"는 주민들의 말이 틀린 게 아니었다. "가만 앉아 있어도 3선은 물론, 전국 최고 득표율을 거둘 것"이라는 기대 섞인 전망도 과장은 아니었다.

열린우리당은 선거가 한 달도 남지 않은 3월 19일에야 김종률 변호사라는 사람을 공천해 지역구로 보냈다.


노무현 대통령 탄핵에 대한 역풍이 어느 정도 있을 거란 예상은 했다. 한데 선거가 막바지로 치달으면서 탄핵 역풍에 신 행정수도(지금의 세종시)에 대한 기대감까지 합쳐져 그 규모가 커졌다.

지역구민들을 만나고 다닐 때 자민련에 대한 실망감을 드러내는 이들이 늘었음을 피부로 느끼기도 했다.

하지만 선거전이나 후보자 토론에서도 압도적으로 우세였고 여론조사 결과도 당선 가능성에서 변함없이 현격한 차이로 1위를 이어가고 있었다. 열린우리당 자체 조사에서도 우리 지역구를 '열세 지역'으로 분류해놓고 있어 당선 여부에 대한 걱정은 하지 않았다.

4월 15일, 선거 날이 다가왔다. 아내와 나는 아침 일찍 투표를 마치고 집에서 TV 개표방송을 기다렸다. 무난한 당선을 예상했으므로 초조할 것도 없었다. 선거 책임자나 홍보 담당자 등 간간이 들려오는 외부 정보도 모두 내가 당선될 것이라고 낙관하는 분위기였다.

그런데 오후 4시 무렵, 셋째 형한테서 전화가 왔다.

"출구조사가 안 좋다고 한다. 4시 기준 투표율이 50퍼센트도 안된대. 그러니 투표를 독려해라."

투표율이 낮으면 그만큼 내가 불리해진다. 큰형 내외와 셋째 형이 서울에서 내려와 함께 방송국의 출구조사가 시작되길 기다리는데 점점 초조해지기 시작했다.

방송사 한 곳에선 경합, 다른 한 곳에선 상대가 이기는 것으로 나왔다.

나의 당선을 축하해주려고 내려왔던 형들과 형수도 충격을 받았지만, 나도 이 결과를 믿을 수가 없었다. 믿어지지 않았다. 이럴 순 없는 일이었다. 좀 더 지켜보자고 마음을 잡았으나 개표를 기다리는 내내 불안한 마음을 떨칠 수 없었다.

저녁 9시쯤부터 개표 현장에 나가 있던 참관인들로부터 보고가 들어왔다. 정신이 아찔했다. 결국 11시 넘어설 무렵 '졌다'는 결론을 내렸다.

생각지도 못했던 결과였다. 첫 도전에서 졌을 때처럼 그저 허탈하기만 했다.

이런 선거에서 내가 지다니, 바둑에서 말하는 소위 '지려해도 질 수가 없는 게임'에 진 것이었다. 어느 프로 기사는 그런 게임에서 지면 몇 날 며칠을 방황한다고 했다. 현실의 충격이 비로소 나에게 닥쳤는지 정신이 멍해졌다. 잡다한 소리들이 뒤섞여 윙윙 울리던 머릿속이 하얗게 텅 비어버렸다. 뜬눈으로 밤을 새웠다.

차창 밖으로 펼쳐진 거리며 집들이며 나무며 사람들이 흐물흐물한 윤곽에서 차츰 구체적인 모습을 띠어가자 현실감각이 비로소 돌아오기 시작했다. 냉정하게 패배 요인을 따져봤지만 내가 왜 떨어져야 하는지 도저히 납득이 되질 않았다.

나나 아내가 지역구 관리를 소홀히 했다든가, 내가 큰 비리를 저질러서 저질 의원으로 낙인찍혔다든가, 정치인으로서의 장래성이 안 보여 이번엔 교체해야겠다는 이유라면 당연히 나의 패배를 인정해야 한다.

최종 투표율이 53퍼센트였다. 진천읍만 해도 유권자 수가 18,900명쯤 됐는데 절반가량이 투표를 하지 않았다. 나중에 투표를 안 한 이유를 물어봤더니 "투표를 안 해도 정 의원이 당연히 당선될 거라 생각했다", "누가 이렇게 될 줄 알았유?", "투표소가 갑자기 한 곳으로 줄어드는 통에 멀어서 못 갔다"는 이야기가 많았다.

나를 지지하는 사람들은 응당 내가 당선될 것으로 보고 구태여 투표에 참여하지 않은 것이었다. 어쨌거나 지역민들은 물론이고 충북도 전체가 의원 개인의 정치적 역량과 자질보다는 모두 열린우리당을 선택했다. 냉철한 이성이 아닌 감정에 치우친 '바람 몰이 선거'에 지고 나니 분하기도 하고, 허무하기도 하고, 우습기도 하고, 걱정스럽기도 하는 등 만감이 교차했다.

지역구 사람들이 나더러 "가만 앉아 있어도 당선될 것"이라더니 열린우리당 후보야말로 바람 선거에 의해 가만 앉아서 당선된 꼴이었다.

정치에 입문한 뒤 '어떤 대가를 치르더라도 승리하겠다' 혹은 '선거에선 무슨 수를 쓰더라도 이겨야 한다'는 생각에는 거리를 두었다. 그러나 외부적 요인이 어떠했든, 우리 팀의 선거 전략에 어떤 틈새가 있었건 나의 패배는 분명한 사실이었다.

선거 결과, 열린우리당이 지역구 129석에 비례대표 23석을 합쳐 총 152석을 차지했고 한나라당이 지역구 100석에 비례 21석을 가져갔다.

자민련은 지역구 4석에 비례대표 0석. 내가 초선일 때에는 자민련의 훈풍이 상당했는데 불과 8년 만에 싸늘한 냉대를 받게 된 것이다.

선거에 실패한 자괴감에 마음을 잡지 못하고 지내던 어느 날 갑자기 내 머리를 치고 지나가는 글귀가 있었다. 바로 나의 두 번째 좌우명이 된 '꿈이 있는 자는 멈추지 않는다'였다. 내 가슴을 벅차게 만든 이 두 번째 좌우명이 2006년 충북 도지사 선거에서 당당히 재기하게 만든 계기를 제공하였다.

청주 사무실에 걸린 두 번째 나의 좌우명

# 10
## "아들아, 네 말이 옳다."

"TV에 나온 그 국회의원 아니야? 청문회에서 말 잘하던?"

"OOO호 바깥양반이잖아. 국회의원이라는 얘기는 안 하는 것 같은데, 그냥 닮은 사람 아닐까?"

초선 의원 시절, IMF청문회가 방송으로 중계되면서 서울에 있는 아파트 현관에서 나와 마주친 이웃들이 수군거렸다. 나야 그렇다 쳐도 부인들끼리는 반상회니 뭐니 해서 자주 얼굴을 보기 마련 아닌가? 교류가 꽤 있는 듯한데, 나와 마주치면 긴가민가할 뿐, 내가 의원인 줄 아는 이웃은 별로 없었다.

나를 알아봐 주기를 기대한 것은 아니었지만 집사람에게 물어보았다. 반상회 같은 데서 나에 대한 얘기가 없었는지.

"무슨 좋은 소리 듣는다고 말해요? 그냥 회사 다니는 것으로 알고 있어요."

아하, 정치인은 주부들에게는 욕 얻어먹기 십상인 존재로구나, 나도 모르게 한숨이 새어 나왔다.

"애들 친구 중에도 아마 당신이 뭐 하는 줄 아는 친구가 없을 거예요. 애들도 아빠 직업 얘기 나오면 얼버무린대요."

아내의 말에 적지 않은 충격을 받았다. 그래서 며칠 뒤 아이들과 외식을 하면서 물어봤다.

"왜 아버지의 직업을 친구들한테 말하지 않니?"

큰 녀석의 말은 이러했다.

"아이들조차 국회의원이나 정치인은 다 도둑놈으로 알아요. 국회의원은 물론이고 대통령까지 나쁜 사람으로 알고 있어서 존칭도 붙이지 않아요. 그런데 우리 아버지가 국회의원한다는 말을 어떻게 해요. 신문이나 TV 보면 국회의원들은 늘 안 좋은 얘기만 나오는데요. 우리나라를 망치는 사람들이 정치인 아닌가요?"

슬픈 일이었다. 아버지를 정치인으로 둔 내 자식들이 이럴 정도이니 한국 정치에 대한 일반적인 반응은 더 비판적일 것임이 분명했다.

"그럼 너희들 생각에 아버지도 그럴 것 같으냐?"

"아니요."

작은 녀석은 씩씩하게 대답했지만, 고등학교에 다니던 큰 녀석은 자기 아버지도 믿을 수 없었는지 우물쭈물 대답을 흐렸다.

"너도 솔직하게 얘기해 봐라."

큰 녀석은 좀 뜸을 들였다.

"아버지는 믿어요. 하지만 구조 자체가 잘못되어 있으면 아버지의 의지와 상관없이 나쁜 일을 같이 하게 될 수도 있는 거 아닌가요?"

어느새 이런 생각을 할 만큼 자랐구나 생각하니 한편으로 대견했다. 하지만 아버지조차 믿지 못할 정도로 우리 정치에 대한 아이들의 생각이 이렇게 절망적이구나 생각하니 암담했다.

구조가 잘못되어 있으면 내 의지와 상관없이 나쁜 일을 하게 될 수 있다는 첫째의 말은 정확했다. 구조의 문제까지 꿰뚫어 보는 녀석에게 어설프게 변명을 할 수는 없는 노릇이었다.


"네 말이 옳다. 네 말대로 아버지 의지와 상관없이 잘못에 동조하는 일도 있을 수는 있다. 그러나 누군가는 그 잘못을 바로잡아야 하지 않겠니? 세상이 더럽다고 모두 산속으로 들어가 버리면 자신은 깨끗할지 모르지만 잘못된 세상은 어떻게 하지? 그런 세상에 발을 딛고 잘못된 세상을 바로잡는 사람도 필요한 법이란다. 아버지는 그런 일을 하고 있는 거야. 내 옷에도 더러운 오물이 조금 묻을지는 모르지만, 약속하마. 절대로 네가 생각하는 정치인들처럼 내 이익을 위해 부정부패를 일삼는 사람은 되지 않겠다고 약속한다."

아이들의 말로는 "국회의원이 세상에서 가장 나쁜 직업"이라고 한다. 욕만 얻어먹기 때문이란다. 바쁘다는 핑계로 가족들 생일도 못 챙기고 졸업식에 얼굴도 못 내민 빵점 아빠인 것이 새삼 미안했다.

국회의원에 대한 아이들의 냉정한 평가를 들은 다음부터 나는 정신을 더욱 바짝 차리게 되었다. 아이가 자라면 부모가 아이들한테서 배운다더니 그 말이 새삼 무섭게 다가왔다. 아이들에게 '우리 아버지가 자유민주주의와 사회 정의를 위해 일하고 있다'는 확신과 자부심을 주는 것이 빵점 정치인 아빠가 할 수 있는 최소한의 선물일 것이란 생각이 들었다.

2016년 2월 1일 한국반부패정책학회가 주는 '대한민국 반부패 청렴대상'을 수상했다.

한국반부패정책학회는 우리사회의 부정부패를 척결하고 기업

윤리를 정착시키는 등 대한민국의 청렴성과 투명성을 높이는 데 앞장서온 민간 조직이다.

학회는 평소 올바른 삶을 실천한 정치인, 공직자 등을 선정하여 공공기관의 추천(1차), 심사위원회의 서류심사(2차), 선정위원회의 최종 선정(3차) 등 총 3차례의 심사를 거쳐 수상자를 선정했다고 한다.

나의 가장 큰 공적 사항은 국회 정무위원장을 맡아 2015년 3월, '부정청탁 및 금품 등 수수 금지에 관한 법률(일명 김영란법)'을 본회의에 통과시키는데 핵심적 역할을 담당했다는 점이었다.

또한 학회는 내가 대·중소기업 간 불공정 거래 및 대기업의 일감 몰아주기 등 공정한 시장 질서를 저해하는 문제를 해결하기 위한 경제민주화 법안을 추진하고 투명한 시장 질서를 확립하는데 앞장 섰다는 점도 들었다.

큰아들은 여전히 '정치와 거리를 두는 삶'을 견지하고 있다. 전에 선거운동을 도우러 왔다가 "적성 안 맞아서 못하겠다"며 상경해버렸다.

둘째는 딴판이다. 한번은 대형마트 입구에서 경쟁 후보 아들과 다섯 시간 동안 마주 보며 기 싸움을 벌이기도 했다. "우리 아버지

호주 시드니 가족 여행에서(1995년)

뽑아주세요"를 얼마나 외쳤는지 목이 쉬었다.

하지만, 첫째는 나와 달리 '만점 남편'이다. 다정하고 요리도 잘해서 며느리의 사랑을 듬뿍 받는다. 둘째는 군 복무 때 레바논 동명부대에 다녀올 정도로 당차고, 자녀를 3명씩이나 낳은 '애국자'(?)이기도 하다.

그런 '다름'과 '다름에 대한 인정'이 우리 가족을 건강하게 지탱

287

해주는 근간이라고 생각한다. 나 자신 부끄러움 없는 삶을 살아왔고, 아내나 아이들 역시 그렇기에 우리 모두 각자의 방식에 당당할 수 있으며 자기 앞길을 건강하게 살아올 수 있었다. 가족 모두가 건강하고 당당해야 다른 생각과 선택에 대한 포용력이 생긴다.

# 11

## 여러분의 든든한 부의장

2022년 10월, 늦깎이로 21대 국회에 귀환한 지 7개월째를 맞이할 즈음 의총에서 새 여당 몫 국회부의장 선거가 치러지게 되었다.

나는 '여러분의 든든한 부의장이 되겠습니다'라는 캐치프레이즈를 걸고 출마 선언을 통해 이와 같이 밝혔다.

"거대 야당의 독선적인 국회 운영으로 합의와 협치의 공간인 대한민국 국회가 정쟁과 갈등의 공간으로 바뀌었습니다. 제가 가진 모든 역량과 경험으로 거대 야당의 입법 독주를 저지하고 한쪽으로 기울어진 국회의장단의 균형의 추를 맞춰 공정하고 상식적인 국회 운영이 될 수 있도록 하겠습니다."

통상 국회부의장은 두 명 정도가 출마를 해서 경선을 치르는데 이번에는 이례적으로 4명이나 출마하는 바람에 여느 때보다도 치열한 경쟁이 이루어졌다.

여러모로 나에게 불리한 경선이었다. 재선거를 통해 뒤늦게 들어왔기 때문에 이미 2년을 함께 지내며 의원들 간에 친교가 형성된 다른 후보들보다 여의치 않은 게 사실이었다. 게다가 초선 의원이 과반인데 나와 함께 보낸 기간이 짧은 점도 그렇거니와 마스크를 쓰는 경우도 많아 일부는 얼굴도 확실히 인식이 안 된 상태이기도 했다.

1차 투표에서 단 한 표를 이겼지만 과반을 얻지 못해 결선 투표를 하게 됐다.

2차 투표는 더욱 땀을 쥐게 했다.

두 표 차이로 당선됐다. 간발의 차이였다.

지각생으로 합류했음에도 불구하고 부의장으로 선출해준 것은 과거 당이 위기에 처했을 때 '주춧돌만은 지켜 내겠다'고 노력했던 것을 격려하는 마음이 아니었을까...

기자들의 관전평은 "불구경처럼 흥미진진했다. 1차 투표에서 과반이 안 되어서 2차 투표로 이어지고, 결국 2표 차이로 '스릴감 넘치게' 당선되었으니 축하한다"는 농반진반이었다.

　기자들의 귀띔으론 당일 배포했던 '선거 팸플릿'이 호감을 얻는 요인으로 작용했다고도 했다. 네 사람의 후보 중에 나만 유일하게 팸플릿을 제작해 의원들에게 배포했는데 의원들 사이에서는 성의와 열정이 있는 것으로 좋게 해석되었다는 것이었다. 나의 소소한 준비를 좋은 쪽으로 받아들여 준 동료 의원들께 감사의 말씀을 전한다.

존경하는 김진표 국회의장님 또 김영주 국회부의장님, 선배·동료 의원 여러분!
국민의힘 정우택 의원입니다.

우선 저를 제21대 국회 후반기 국회부의장으로 선택해 주신 의원 여러분을 비롯한 국민 여러분께 진심으로 감사의 말씀을 드립니다.
지난 1996년 국회에 입문해 대한민국의 자유민주주의와 법치주의의 가치 실현을 위해 지금까지 걸어왔습니다. 이제 제21대 국회 후반기에 들어 여러 의원님의 뜻을 받들어 국회의장단의 구성원으로서 의원님들과 함께 일하는 국회, 국민들에게 진정 사랑받는 그런 국회가 되도록 만들어 가겠습니다.

존경하는 의원 여러분!
소통과 대화로 합의와 협치의 공간이 되어야 할 국회가 정쟁과 갈등의 공간으로 바뀌었습니다. 우리 스스로가 변하여 소수의견이 무시되고 다수당의 일방적 독주가 아닌 대화와 소통으로 협치와 합의가 이루어지는 국회가 만들어지도록 노력해 나가겠습니다. 제가 가진 정치 경험과 역량을 보태어 공정하고 상식적인 국회 운영이 되도록 노력하겠습니다.

또한 우리 앞에는 중요한 과제가 하나 있습니다. 바로 국회에 대한 국민의 신뢰입니다. 그것은 비상식과 불공정의 사회가 아니고 공정과 상식이 통하는 대한민국을 만들어 가는 것입니다. 또한 도탄에 빠진 민생을 여야가 머리를 맞대고 풀어감으로써 위기를 극복해 나가는 것입니다. 국민들의 기대와 염원에 맞게 국회가 역동적으로 움직일 수 있도록 저는 그 징검다리의 역할을 확실히 하겠습니다.

다시 한번 의원 한 분 한 분께 감사드리며 여러분의 든든한 국회부의장이 되도록 하겠습니다.
감사합니다.

국회본회의 국회부의장 당선 인사말(2022년 11월 10일)

희망의 씨를 뿌리는 사람

©국민의힘 당사무처

의총에서 국회부의장 당선 직후 보도진의 사진 취재에 응했다
(2022년 10월 25일)

21대 후반기 국회부의장으로 선출된 뒤 인사말을 하고 있다
(2022년 11월 10일)

©국회사진반

# 가자! 광복 100주년, G3로!

오는 2045년이면 광복 100주년이 된다. 앞으로 20여 년이 남았다.

우리는 과연 광복 100주년을 어떻게 맞이해야 될지 많은 생각을 하게 된다.

앞으로 20년이라면 G3, 즉 미국과 중국 다음의 G3 국가가 되어있어야 하지 않겠나, 그래야 피와 땀으로 나라를 지키고 일궈낸 우리 선열들 앞에 당당하지 않을까 생각해 본다.

나도 어떻게든 2045년까지는 건강하게 살아서 광복 100주년을 지켜보고, 하늘나라에 가서 독립을 위해 헌신하신 선열들을 뵙고 싶다.

그런데 한편으론 걱정도 많다. 지금 상황을 보면 우리가 소위 '중진국 함정'에 빠질 가능성 또한 배제하기 어렵기 때문이다.

내가 어릴 때 읽었던 만화 '엄마 찾아 삼만 리'(이태리 아동문학 작가의 원작 소설)에는 이태리의 제노바에 살던 소년 마르코가 주인공으로 나온다. 소년은 부자 나라로 가정부 일을 떠난 어머니가 병에 걸렸다는 소식에 엄마를 찾아 먼 여행을 떠난다.

여기서 어머니가 가정부로 일하는 부자 나라가 바로 아르헨티나다. 원작 소설이 쓰인 19세기 말의 아르헨티나는 신흥 부국이었고 수도인 부에노스아이레스는 '남미의 파리'라 불릴 정도로 번창했다.

하지만 지금의 아르헨티나는 아홉 번이나 IMF 구제금융을 받아놓고도 여전히 경제난에서 헤어나지 못하는 국가로 전락했다. 악명 높은 포퓰리즘에서 헤어나지 못한 결과다. 금리가 78%라는데 예금을 하는 사람은 없다고 한다. 물가 상승률이 100%를 훌쩍 넘으니 당연한 것이다.

필리핀은 1960년대까지만 해도 일본에 이어 동아시아에서 두 번째로 잘 사는 나라였다. 그러나 1965년 대통령에 당선된 페르디난드 마르코스(1917~1989) 이후 나라의 운명이 급속하게 기울었다.

2023년 기준 1인당 GDP(국내총생산)가 3,800달러 수준이다. 과거엔 까마득히 뒤에 있던 태국은 물론 베트남에도 추월당했다.

이처럼 선진국 진입의 문턱에서 넘어진 나라들의 공통점은 정치 불안이다. 정치 불안에서 비롯된 사회불안, 포퓰리즘, 그리고 부패다.

국가 위기의 상당 부분은 정치 불안에서 시작이 된다. 그래서 더욱 걱정이 되는 것이다. 지금 이대로의 정치가 과연 G3, 세계 3대 강국으로 향하는 지렛대가 되어줄 수 있을지 의문이다.

정치는 대화와 타협으로 이뤄져야 하는데 지금 우리의 정치에서는 대화와 타협이 사라졌다. 극한의 대결이 그 자리를 차지해 상대를 몰아내지 못하면 내가 위험에라도 처할 것처럼 이상심리에 사로잡혀 있다.

대통령 5년 단임제가 이를 부추기는 측면도 있다. 대통령이 당선되자마자 다음 정권을 노린 정쟁이 곧바로 시작되는 양상이 매번 되풀이된다. 긴 안목으로 국가의 장래를 생각하지 못하고 당장의 지지율에 일희일비한다. 단임제에 대한 국민의 생각들을 모아야 할 때라고 생각한다.

정치 불안은 이념 갈등과 사회 불안으로 이어져 국민의 삶을 피폐하게 만든다. 이념 갈등으로 사회가 양분되면 맹목적인 대립과 충돌이 고착화되기 쉽다. 국민을 이쪽 편 혹은 저쪽 편으로 갈라치기 하는 정치집단이 정권을 잡거나 유지하기 위해 이같이 대립구도를 애용한다.

이제는 낡은 이념 대결에서 벗어나 '가치의 경쟁'으로 방향을 전환해야 할 때다. '내가 선이므로 나와 다르면 악'으로 여기는 이분법적 이념과는 달리, 가치는 다양하며 포용적이어서 다른 생각과 목표가 합쳐져 더욱 커지거나 차원이 다른 도약으로 이어질 수 있다.

광복 100주년을 우리가 G3로 맞이하기 위해서는 지금부터 어떤 준비를 하고 어떤 체제하에서 어떻게 국민 통합을 이루어 갈 것인지 우리 정치권의 숙제이다.

이 점에서 정치 지도자가 매우 중요하다. 푸틴 대통령 한 사람의 결정이 상대국 우크라이나는 물론 자국 러시아 국민의 삶을 얼마나 비참하게 만들었는지 우리는 뉴스를 통해 숱하게 보아왔다. 하마스의 이스라엘 공격도 그렇다. 몇몇 지도자에 의해 고통과 비극의 소용돌이로 끌려 들어간 양쪽 국민들을 보면 참담할 지경이다.

아기들까지 희생당했다는 소식을 접할 때마다 정치인의 한 사람으로서 우리 국민은 그런 아픔을 겪으면 안된다는 무거운 책임감을 느끼게 된다.

선진국 문턱에서 넘어진 나라들의 공통점이 정치 지도자를 잘

못 골랐다는 것이다. 눈앞의 달콤한 유혹에 현혹된 국민이 영웅인 줄 알고 뽑았던 지도자가 포퓰리즘과 부정부패로 나라를 망가뜨린 경우가 특히 그렇다.

세계 제2의 산유국 베네수엘라는 중남미에서 가장 부유한 나라였지만 차베스를 대통령으로 뽑은 뒤 미래를 가불 받아 즐기다가 비참한 나락으로 떨어지고 말았다.

나라가 잘 나갈 때는 오일 달러가 넘쳐났으나, 포퓰리즘 정치는 미래를 대비해 경쟁력이 있는 기술 개발이나 산업에 투자하는 대신 '무제한 퍼주기 복지(저가 주택 공급, 무상 의료, 무상 교육, 무상 전기)'로 지상 낙원 국가를 보여주려 했다.

그러다가 2008년 글로벌 금융 위기 이후 국제유가 폭락으로 경제 위기를 맞이하게 되었다. 국가 부채가 폭발적으로 늘어나자 화폐를 마구잡이로 발행해 하이퍼인플레이션을 초래했다. 국민은 포퓰리즘 정치인을 심판하기는커녕 변함없는 지지를 보내어 나라를 거덜 내는데 가속 페달을 밟는 우를 범했다.

인근의 아르헨티나가 후안 페론의 포퓰리즘 이후 걸어온 몰락의 길을 빤히 지켜봤으면서도 눈앞의 공짜(절대로 공짜가 아니다)에 눈이 멀었던 값비싼 대가를 고통스럽게 치르는 중이다.

필리핀 마르코스의 부정부패 또한 간단치 않다. 무려 7만 명을 투옥시키는 등 반대 세력을 강경하게 탄압한 반면, 소수 특권층에게는 무제한의 특혜를 주면서 필리핀은 부패의 나락으로 떨어졌다. 그의 부인 이멜다 역시 '구두 2,000 켤레'의 전설로 남아 있다.

하지만, 링컨처럼 남북전쟁이라는 어려움을 겪으면서까지 노예해방을 이루어낸 지도자도 있으니 이런 훌륭한 분들을 떠올릴 때마다 옷깃을 여미고 국민의 행복과 조국의 발전을 위해 더욱 마음을 써야 한다는 사명감을 엄중하게 느낀다.

우리의 경우에도 초대 이승만 대통령이 1948년에 단독정부를 수립하지 않고 엉거주춤했더라면 과연 우리 대한민국은 어떻게 되었을까?

6.25 동란으로 전 국토가 폐허로 변했던 1953년, 이승만 대통령이 휴전협정을 조건으로 삼아 한미동맹이라는 견고한 발판을 얻어내지 못했더라면 우리는 지금 어떤 삶을 살아가고 있을까?

이승만이라는 정치 지도자의 70년 전 판단(단독정부 수립과 한미동맹)이 오늘날 세계 10위권에 오른 경제 발전에 가장 소중한 밑거름이 되었음을 우리는 지금도 되새기며 마음 깊이 깨닫는다.

앞으로 20여 년 남은 광복 100주년은 한층 더 도약한 G3를 목표로 우리 모두가 지혜를 모아 준비해야 한다.

다행히도 희망찬 미래는 우리 곁에 성큼 다가와 있기는 하다. AI(인공지능) 중심의 4차 혁명 시대에 그 핵심이 될 반도체와 2차 전지 분야에서 우리가 강점을 가지고 있는 데다 IT(정보기술) 분야 역시 좋은 인프라를 갖추고 있어 다른 나라들과 격차를 더욱 벌려 앞서갈 여력이 충분하다. 이런 절호의 기회를 놓쳐서는 안된다.

그러기 위해선 정치 및 사회불안, 포퓰리즘 같은 변수들이 G3 국가로 향하는 우리의 발목을 잡지 않도록 지속적인 개혁과 국민통합을 이뤄가는 게 관건이다. 대화와 타협으로 통합의 정치부터 살려내야 한다.

지난 70여 년의 노력으로 오늘 여기까지 왔다. 그리고 우리는 또 한 번의 기로에 서있다. 중진국의 함정에 빠져 주저앉을 것인가, 아니면 다시 한번 힘을 모아 더 높이 도약할 것인가.

수많은 순국 선열들의 헌신이 헛되지 않도록 우리 모두 힘을 내야 하지 않겠는가. 나 또한 우리 후손들이 G3 선진국에서 행복하게 살아가는 모습을 보며 잔잔하게 미소 짓고 싶다. 내 마지막을 그렇게 맞이하면 좋겠다. 그날이 오길 두 손 모아 기원한다.

    가자! 광복 100주년, G3로!

財界回顧 ⑨⑨

歷代 經濟部處長官의 證言

鄭雲甲

第13代 農林部長官
<55년11월~57년6월> ①

# 한해에 네번째 長官

## 「農」字도 모르는데 農林行政맡게돼

## 對國會관계考慮한 人事인듯

### 순수한 官吏로

日帝때 京城帝大을 48년11월 高文에 合格하고 大韓民國政府가 수립되자 總務處人事局長에 高武諭 總務處委員을 거쳐 務處長으로 승의로 內에 취임한 나의 農林長官에 취임할때 말해주는이 나의 官취임은 꾸준한 昇進過程에서 차지한 나의 官이 었을것이다...

### 느닷없이 內務次官

54년 3代民議員總選의 메리고 다시 自宅이었다. 그의 끝나고 國會가 成立되자 당시의 國會는 政府組織 나는 金次관에게 무슨行...

◇55년도—1년동안에 네번이나 바뀐 農林長官. 鄭雲甲 鄭雲甲씨가 左로부터 任命鎬

〈계속〉

歷代 經濟部處長官의 證言 ⑩

鄭雲甲
第13代 農林部長官
<55년11월~57년6월>
②

# 惰性의 行政機能

### 引繼書類란 2년전資料 그대로
### 人事刷新의 必要性 切感

## 記者會見부터

1년에 4번씩이나 바뀌는 말썽많고 시끄러운 자리를 本意아니게 맡게 되었지만 나는 發令이나자 곧바로 內務部에서 農林部聽舍로 직행했다. 세종路거리모퉁이에 있는 農林部聽舍는 鍾閣바로옆에 있었다. 農林部에 들어서자마자 長官室에 앉았던 것은 여유마 있었지만 記者會見에서 부터 現況파악을 하지 못한 나에게 處理現況을 묻는다거나 여러가지모르는 일은 그만큼 미안한것은 노릇이었다. 그 무엇보다도 나는 記者會見을 받아들일 생각을 하기도했지만 나는 나대로 成果에서 장차 그들에게 有益할것이다는 創意로써 無에서 創造하는적이라는 생각을 인식시키게 될 것을 인식시키게될 것을...

◇記者들의 質問攻勢에 답변하는 鄭長官

## 好感받은 率直

面하는 생각에서였다. 記者會見이 그러니 오직 여러분들의 協助를 바랄뿐임니다. 그러니 오직 여러분들의 말씀입니다만 記者會見에관한 나의 希望임니다. 나는 農林行政에관한 一字도모르는 素人임니다. 이러한 惰性에서 말씀을 여쭙니다.

## 惰性의 根源

類上의 美辭麗句를 말하는 으름뿐이라는 것처럼 보이지만 代表的인 惰性이라고 말할수 있었다. 引繼書類가 이럴듯 아무런 變化가 제기되었다. 나는 農林行政이란 이런 惰性이 아니냐는 農民들의 土地에 살고있는 農民들의...

# 派閥싸움에 大手術

## 歷代 經濟部處長官의 證言 ──(101)

### 鄭雲甲
#### 第13代 農林部長官
#### <55년11월~57년6월> ③

### 석달동안 統計일시키며 後任 물색

### 農林部初有의 大人事異動단행

## 泥田鬪狗의 派閥

◇農林部廳舍(후일燒失되었음) 앞에서 職員들에게 訓示하고있는 鄭局長官.

〈繼續〉

鄭雲甲
第13代 農林部長官
<55년11월~57년6월>
④

草根木皮의 慘狀

## 極度로 심한 食糧難

### 公務員·難民·絶糧農民들 猛烈히 규탄

### 精銳師團이끌고 解決에 나서

6개월 配給못줘

◇ 金剛山도 食後景

# 財界回顧

## 歷代 經濟部處長官의 證言 (103)

**鄭雲甲**

**第13代 農林部長官**
<55년11월~57년 6월>
⑤

# 買上量確保에 總力

## 雜賦金징수 檢査員행패도 一掃
## 內務部와 協力, 公務員독려

**이미決定된買入價**

農林部가 직접 供給의 責任을 맡고있던 軍糧米와 公務員봉급일부의 配給穀糧, 難民들에 대한 救護糧穀, 絶糧農民에대한貸與穀을 제대로 供給못하는 이유는 무엇일까。그 이유는 당시의 生産실적에 비추어 長期的으로계속되는 公務員에대한 現物配給制는 어느모로보나 無理였다는점, 그리고 農林長官들의在任기간이 너무 짧았기때문에 장기적인 안목에서의 糧穀需給計劃을 세울 겨를이없었고 따라서 당시의 需給計劃은 단순한 미봉책에 불과하여 계속적인 效用을 기할수없다는점, 다음에는 政府의 비현실적인 糧穀買入價格책정으로인한 農民들의 비협조 내지는 원망과 비난이라는데 요약된다고 생각되었다。그래서 나는 세가지 문제점을 해결하지못하고서는 農林部의 존립의의와 農林行政의 존재가치조차찾을수없다고 생각되었다。당시의나의심정으로서 나는 公務員과 農民들에게 그 어떤壓迫感과 심지어 죄의식마저느끼게되었다。

일을 부려 먹고도 月給을 주지않고 生産費이하의 買入價格으로 피땀어린 쌀을 거두어들이는農林行政은 그대로 방치해둘수없는 반드시 해결해야할 지상과제라고 생각했다。그러나 이를 일시에 모두 해결지을수는없었다。收納價格과 一般買上價格은 내가 취임하기전에 이미 결정되어있었고 다만 이價格을 기준으로 어느정도 收買실적을 올릴수있느냐는 문제가 남아있을뿐이었다。내가 長官에 취임한 이듬해인 56년産秋穀買入價格결정시기에대해서는 아직 時間的인 여유가있었지만 나는 이 지상과제중의하나인 買入價格결정에 미리 대비하는 준비도 서둘러야했다。그러나 나는 우선은 收買實績을 올리는데 나의 열의를 쏟아넣기로 작심했다。

**收納에不當行爲**

당시의收買價格이란 의무적으로 납부토록되어있는現物稅인農地稅와 土地分配에따르는 償還糧穀에 적용되는 까닭에 農民들의 협조는 비교적순조로왔으나 生産費이하로 買上하게되는 一般買上문제만은 지극히 난한 과제였다。이 一般買上에적용될 買入價格은 변동할수없는것이었기때문에 손댈 엄두조차 못내고 다만 一般買上에 수반하여 일어나고있는 갖가지 副作用을 최대한으로 제거하는것이 우선 급선무라고 생각되었다。秋穀買上실적은 내가 취임한 이듬해인56년1월말현재 대략 목표량인 1백55만石에대해 40만石에도 미달하는 약 25%의 실적뿐이었다고 생각되지만 이와같은 一般買上부진이유는 근본적으로 買上價格의부당한 低價에 있었음은물론이었다。그러나 이미정해놓은 買上價格을 어찌할 도리가없는바엔 이를 제외한 行政상의 모순점과 갖가지 副作用을 제거하여 行政의妙와 手腕으로 이를 타개하는것이 가장 나은 次善策이라고 판단되었다。우선 그副作用과 行政상의 모순점을 면밀히 조사검토해보니 과연 여러가지 문제점이대두되는것이었다。

첫째 一般買上에 곁들여 술한 雜賦金이외에農藥代 營農資金등을 買上代金에서相殺함으로써 어떤 農民은 쌀값을 한푼도 받지못하고있는 실정이었고 둘째로 그나마쌀가마니를 짊어지고 收納장소에 다다르면 까다로운 檢査員의 성화에 시달려 울화통을 터뜨리는 農民들이 허다하다는 실정이었다。새끼를 제대로 묶지않았다느니 가마니가 헌것이라느니 규격대로안되어있다느니하면서 꼬트리를잡아 퇴짜를 놓는가하면 뒷구멍으로는 얼마안되는 막걸리값을 받아쥐고는 다시 이를 받아들이는따위의 不正행위조차 발견되었던것이다。農民들의 원성은 높았다。

나는 즉각 內務長官과 共同名義로 그 어떤雜賦金이나 營農資金 農藥代도 秋穀買上資金에서 삭제해서는 안된다는 嚴禁조처와 農地稅와償還糧穀收納에 앞서 一般買上을 優先한다는 조처를 各道에 통보했다。이와함께農産物檢査所의 檢査員들의 행패를막고 秋穀買上을촉진하기위해 等外品도 아무말말고 받아들이라고지시했다。

◇水原農村振興廳農場에서 모내기 기념행사에참석한鄭長官(後列中)

나는 이러한 조처를취하고 나서 一般買上을담당하고있는 各道직원들에게 公文을 발송했다。

**느닷없는國會呼出**

公文내용은『모든行政에앞서우선적으로다루어야할일은 秋穀買上업무이며 이를 위해 전行政力을 총동원하되 糧穀이 買上되는대로 이를 귀관들에대해 지급못하고있는 봉급의 일부를 糧穀으로 전량 충당해줄것을 약속하며 이 권한을各道知事에게일임한다』는것이었다。

買上업무를 담당하고있는 각地方公務員들의 士氣를 앙양시키기위함이었다。이와함께 친분이 두터웠던 金亨根內務長官과 상의하여 각道地方公務員들에게도 內務長官공동명의로 道별 할당량은 무슨일이있더라도 완수토록하라는 지시사항을 발송했다。이와같이 內務長官과의 공동명의로 지시하게된것은 그럴 당시의각 地方公務員들은 人事權을 쥐고있는 內務長官의 말만듣고 다른長官들의 말은 좀처럼 듣지않는 버릇이 있었기때문이었다。그러나 며칠안가 國會農林委에서 즉각 出席요구를 해오는것이 아닌가。

이번 秋穀買上은 強制買上임에 틀림없고 즉각 이를 中止시키며 그책임을 農林長官에게 추궁하겠다는것이었다。<계속>

歷代 經濟部處長官의 證言

鄭雲甲
第13代 農林部長官
<'55년11월~'57년6월>

# 政府弗로 大麥도입

## 끈덕진 說得으로 李博士 裁可얻어

## 强制買上 비난에 率直한 答辯

赤裸裸하게 說明

閣僚들은 贊成

◇農漁金融問題 간담회서의 鄭長官(左)과 金裕澤韓銀總裁(右)

마침내 緊急導入

〈끝〉

## 歷代 經濟部處長官의 證言

鄭雲甲
第13代 農林部長官
<55년11월~57년6월>

# 美側과 입씨름半年

### 剩農物導入品目 싸고 끈질긴 說得
### 李博士 "이젠 "예스" 할때 왔어"

**3천萬弗어치豚肉**

◇당시 "쿠르"美穀物專門家一行과 歡談하는 筆者

## 歷代 經濟部處長官의 「證言」 (106)

### 郑鎔甲 第13代 農林部長官
〈'55년11월~'57년 6월〉 ⑧

## 發言權 컸던 OEC

### 美側 稅收 增大로 財政安定주장
### 肥料免稅·外上配給에 反對

金畜外産에 依存

金光野水池반의 金大淀農務官「딸」과 OEC經濟調整官「京釜線」

## 歷代 經濟部處長官의 證言

鄭雲甲
第13代 農林部長官
<55년11월~57년6월>
⑨

# 「肥料달러」公賣주장

## 一部實施결과에 맞들인 OEC
## 貿易業者합세, 配定制에 反對

### 實勢換率適用壓力

### 一部公賣로 妥協

〈화면 韓國 美大使 등과 經濟政策에 관하여 故懇하는 農林部長官, 右로부터 「바커드」 經濟調整官, 鄭長官, 石原, 相호 임건부부터 二번째가 美大使, 左로부터 農林部次官〉

〈계속〉

歷代 經濟部處長官의 證言 ——(108)

鄭雲甲
第13代 農林部長官
<55년11월~57년6월> ⑩

## 試鍊겪은 쌀값波動

### 全保有米를 調節用으로 放出

#### 無謀한 警察團束에 逆效果

怒氣띤 李博士

報告도 쌀농사

緊急放出로 收拾

糧肥交換制 確立

鄭雲甲
第13代 農林部長官
<55년11월~57년 6월>
⑪

# 農業3法 制定추진

## 李博士, 豫想대로 農協法案을 保留

## 議員立法으로 迂回戰術기도

### 閣議선通過됐으나

### 歷代長官의 宿題

나는 우리나라 農業經濟를 그 무엇인가 위해서 새로운 자극을 주어야하고 바람을 일으켜야한다고 타산한……

◇國會農林分科委에 참석한 鄭長官

歷代 經濟部處長官의 證言 (110)

鄭雲甲
第13代 農林部長官
<55년11월~57년6월>

# 執念끝에 얻은 裁可

## 李博士「協同은 共産國서나 쓰는말일세」

## 職員들 歡呼속에 農協法公布

歷代 經濟部處長官의 證言

새벽의 電話벨

# 火魔에 앗긴 보람

## 불타는 廳舍보고 울음 터뜨려
## 각종資料復舊되자 물러나

郑雲甲
第13代 農林部長官
<55년11월～57년6월>
⑬

◇新年賀宴때 李承晩大統領내외분과 함께─ 李博士 바로 뒤가 鄭長官, 맨끝이 同 一同의 記念

…後…記…

(忠北鎭川출신, 58세)